作家文库系列

凭栏雨后最相宜，羡煞云山第一奇。

熊召政 著

闲庐谈艺录

西安出版社

图书在版编目（CIP）数据

闲庐谈艺录 / 熊召政著. — 西安：西安出版社，2012.8
 ISBN 978-7-80712-942-4

Ⅰ.①闲… Ⅱ.①熊… Ⅲ.①散文集－中国－当代 Ⅳ.①I267

中国版本图书馆CIP数据核字（2012）第188984号

闲庐谈艺录

著　　者	熊召政
责任编辑	吴　革
设计制作	西安发现书社
出版发行	西安出版社
社　　址	西安市长安北路56号
电　　话	（029）85253740
邮政编码	710061
印　　刷	西安交通大学印刷厂
开　　本	787mm×1092mm　1/16
印　　张	16
字　　数	200千
版　　次	2012年8月第1版 2012年8月第1次印刷
书　　号	ISBN 978-7-80712-942-4
定　　价	28.00元

本书如有缺页、误装，请寄回另换。

目录

◇ **文人的根器**

他住在童话里 / 3
绝响的楚凤 / 5
大雅久不作 / 7
端起你的酒杯吧 / 9
一叶一如来 / 12
艺术的依归 / 14
《兰干武书法小结》序 / 16
读《竹亭印存》 / 18
品《行书四字箴言》 / 20
他已踏上山阴道 / 22
序任法融书法 / 24
于力的把式 / 25
《英山书画选》序 / 27
君子之质成矣 / 29
文人的根器 / 31
在孤独中灿烂 / 33
不会消失的亮点 / 35
思想的幽居者 / 38
以绘事为功德 / 41

独慷慨而豪饮 / 42

《妙峰印严画集》序 / 44

◇ 秋天的歌手

说说我的责任编辑 / 49

把烦恼还给历史 / 52

世旭其人 / 54

一条路与一个人 / 57

乡愁是一次匆匆的登临 / 60

此情可待成追忆 / 62

掰包米的文人 / 66

我笔写我心 / 68

淘宝者的惊喜 / 70

从来兴废铸鸿篇 / 73

最难是清唱 / 76

《江汉儿女》序 / 78

给心灵放假 / 80

读《宿命》/ 82

宜都政务书 / 84

在山泉水清 / 87

俊鸟也得先飞 / 90

读《长春札记》/ 93

一蓑烟雨慕江南 / 95

归山计 / 98

刻在石头上的历史 / 100

三 重 缘 / 103

读吴烟痕的诗 / 107

爱与宽容 / 110

死亡的位置 / 117

得一个真字 / 120

中国出了个晃晃叫李更 / 124

历史的寻梦者 / 130

奕博的散文 / 136

序段维的诗 / 139

《千年心祭》序 / 143

《酒趣禅缘》序 / 145

《我也说红楼》序 / 147

《泥土的芬芳》序 / 149

眼前事与家常话 / 152

做一朵快乐的花 / 154

多彩的梨园 / 158

怀念老水手 / 160

《孙叔敖》序言 / 163

《这里是崇阳》序 / 166

《天南地北英山人》序 / 168

《长河落日》序 / 170

秋天的歌手 / 172

◇ 一条文化的河

我为什么写散文 / 181

我的散文写作 / 183

灯花带梦红 / 185

历史的富矿 / 187

读了明朝不明白 / 189

话说三国的战争 / 197
我与《长江文艺》/ 200
《让历史复活》序 / 203
《中国小记》序 / 205
关于三国的话题 / 207
《三国的战争》序 / 210
《廿八年访禅记》序 / 215
云深深，树深深 / 219
《闲庐诗续稿》序 / 221
杰出的帝王师 / 222
我的小说历程 / 224
小说的正脉（代序）/ 226
吉　日 / 229
封镜的感怀 / 231
关于电视版小说的话题 / 234
电视剧《上海，上海》的解读 / 236
活色生香的历史画卷 / 239
历史的驴友 / 242
重现楮墨风流 / 245
拓展国画的新边疆 / 246
怀念粘铭先生 / 249

文人的根器

他住在童话里

人生如一次画展，步入其中，便可通过色彩、线条、构图，于虚实间、于浓淡处，甚至在瑕疵里，看到画家的生命与心灵。

步入中年之后，频频造访我心灵的一些词汇不再是抗争、呐喊、迷茫与困惑，而是圆融、慈悲、仁爱与敬畏。这种转变并不意味着我从此丧失了忧患，而是在慢慢减却浮躁，并开始体会到东方文化"宁静致远"的优美境界。

现在，当我置身在周韶华先生《７７抒怀》画展中，看到他近期的五十六幅画作，我再次感受到心灵相吸的愉悦。

近十几年来，周老一直致力于探求华夏文化的奥义。连续推出了《梦溯仰韶》《汉唐雄风》与《荆楚狂歌》等大型文化专题画展。完全可以说，这批作品给中国画坛带来了全新的冲击。因为是新的，就不一定人人叫好。但是，凡具有历史价值的东西，没有哪一件是在一片赞扬声中问世的。

与以《梦溯仰韶》为开端的专题画展不同，周老的《７７抒怀》向我们展现了画家的另一面，即性灵。

如果说周老的追溯东方文化玄妙意境的专题画如电闪雷鸣黄钟大吕，《７７抒怀》中的画作则如蕙风酥雨春江花月。我作此区分，并不是说周老突然从画幅上撤走了他的英雄气而换成了酸愁惆怅的脂粉。非也！再休闲的太阳，也是驾着六龙巡天；再轻松的智者，也决不会因为品享优雅而丧失忧患。

即便是小品，即便是遣兴，周老的这五十六幅作品，依然保持着他的不可稍减的磅礴气势。打个比方，同样是绝句，在唐则藏龙吟虎啸于萧旷飘逸之中，在宋则收草长莺飞于小桥流水之内。一样的秾丽,一样的灿烂,但气象完全不同。同样的色彩,同样的笔墨,在别人的笔下,或许如王维之于辋川,渗透了"松风吹解带,山月照弹琴"的禅意;或许如李清照之于黄昏,弥漫着"才下眉头,又上心头"的闲愁。周老给我们的,是色彩的浓烈,是笔墨的雄浑。是浓烈宣泄的杏花天;是雄浑裹挟的圆舞曲。一幅幅品读下来,无论是做梦的牦牛还是怀孕的果树;是玛瑙般的大地还是翡翠样的山水,都可以从中看到一个饮尽风霜的老人,于平静中展现旋转风涛的力量,于闲适中品享天人合一的幽玄。

再说一次,人生有如画展,谁生活在笔墨里,谁生活在心灵中;谁生活在技术里,谁生活在性情中,看画便知。看过周老的画,我的结论是,这个年届八秩的老人,已经住在了童话里。

2006年12月31日下午

绝响的楚凤

某日在上海,接翼南兄电话,言有要事相商,返汉后立即驱车去他的顶天楼,他极庄重地拿出一叠画作请我欣赏,看过两幅,心甚诧异,如此神笔,何人所为?答曰:薛楚凤。

一张张看下去,端的让我吃惊。

这些画,大不盈尺,小如邮票。然方寸之间,可作穷极八荒的逍遥游。或一山一石,助人作块垒之想;或一花一叶,撩人以清越之思。偶尔寒江,有扁舟绝尘而去;亦见孤松,有幽人抚琴而歌。线条亦古亦今,非古非今,古今相贯;彩墨时浓时淡,非浓非淡,浓淡相宜。远山一痕,近水半弯,随意点洒,毫无窒碍,于不经意间见上乘功夫。

品赏过薛先生一百多幅作品,脑子里冒出两句诗:"雪满山中高士卧,月明林下美人来。"这薛先生,无疑是那独卧山中的高士了,而他的这些画作,以月下美人谓之,其冷艳的丽质,应允恰当。

接着,我便有兴趣了解薛先生的生平。从有限的几篇文字中,知道他生于1902年,河南南阳人氏。一生嗜画如命,虽有当代石涛之谓,却不求闻达于诸侯。解放后,一直担任湖北文史馆馆员,并兼任武汉市文物鉴定委员会委员,都是闲职。唯其闲,才使他得以保存自己的淡泊与旷逸,将全部心思用于绘事。即便如此,他终究难逃厄运。1976年,于贫病交加中抑郁而死。

所看过的画,都非常之小,为何?皆因"文革"中,薛先生居室促狭,无处能支画案,且无钱购大纸,所以只能在方寸之地,展布他的绝代才华。

杜甫诗:"文章憎命达,魑魅喜人过。"诗穷而后工,仿佛是至理,画亦如此。薛先生的一生,从未显达过,真乃陋巷穷儒也。然穷而不酸,不迂不腐,勤研绘事,画笔不含半点功利,亦不见半点浮躁。在"文革"中,能保持这种心境实属难得。这才是一个艺术家难得的品质,唯有此品质,他的作品,才可留传后世,他的生命,也才能在作品中代代相传。

明年是薛楚凤先生诞辰一百周年,翼南兄与我商量的要事,就是筹资为这位杰出的画家出一本画册以资纪念。文人相亲,薛先生的画作征服了我。能够促使薛楚凤画册顺利出版,是我乐意为之的事。

是为记。

2001年12月30日

大雅久不作

宋君唯原，游杭州，醉心于浙中山水，归北京绘得风景数幅，意欲以册页形式出版，并商于武林大家刘君心宇，逐幅题跋，使之珠联璧合，书画两彰，诚雅事也。

江浙乃文华渊薮之乡，自宋元以降，精于绘事者，代不乏人，南宋之马远、马和之、夏圭，元之钱适、赵孟頫、黄公望等，皆卓荦千古的大家。这些人，都是浙中山水的知音，不但有天人合一的主旨，而且有宁静致远的闲雅。水墨与毛笔，在他们手上，成了最佳的描摹性灵的工具，墨之枯淡，笔之纵逸，皆出自性情，妙趣天成。

古人绘画，师法自然，表达了冲虚淡远的东方情怀。很可惜，这一传统屡被当代画家忽略，或者说有意摒弃。为了满足画的装饰性，或者说为创新而创新，绘事越来越倾向于技术而疏远了心灵，我认为这不是进步，而是差谬。

唯原的山水画，上承宋元的文人画传统，笋岩村落，岚气烟林，渲染的是人对于山水的景仰，对宁静心致的渴慕。我一向认为，画家必先有非常之心境，然后才会有非常之笔墨。这一点，不但从唯原的画，亦可从心宇的字中得到体悟。

说及心宇的书法，他初始以武道入字，剑气四溢，近年来心境趋于平淡，深味大音希声之至理，遂于字中，收剑气而弥弦音，既得汉晋之风骨，又兼唐宋之韵律，朴拙而灵动，寓心手于笔墨之中了。其功夫在诗外，功夫亦在画外、字外。

在我们这个日益浮躁的商业社会中，以宗教的虔诚心来对待山水、笔墨的人，已经越来越少。智能风景、已经代替自然情趣，逐渐占据艺术的中心位置，使我们的审美意识越来越趋于功利。"大雅久不作，吾衰究谁承"，杜甫的哀叹，在一千多年后的今天并未过时。正因如此，我才欣赏唯原的画与心宇的字，在技术社会中，他们疏远了技术；在物欲横流的当今之世，他们看住自家心，实属难能可贵。

2004年7月19日写于北京

端起你的酒杯吧

记不清是在什么时候，什么地点认识丁竹君的，反正很有些年头了。他给我的最初印象非常强烈，并且一直保持到现在。不是因为他的画，而是他的酒量。

竹君，这个名字很雅，很容易让人联想到那种多愁善感的白面书生。其实不然，竹君的长相，与胡须戟张的猛张飞庶几近之。他的豪爽的个性，特别是在酒席上的表现，与猛张飞更是相去不远。记得有一次画展，他是主持者，开幕之后的酒会，照例仍由他主持。他与我一桌，近水楼台的缘故，他先向同桌的每一个人敬了一杯酒，然后拿着满满一瓶酒，笑着对我说："你先自己照顾自己，我去敬敬酒。"说得很轻松，其实那咧嘴笑着的豪气，与刺秦的荆轲差不多。才走了三个桌子，一瓶白酒便见了底儿。然后又嘻嘻哈哈跑回来，再拎起一瓶白酒出征。大约半小时后回来，第二瓶白酒，大约还剩下不到二两。此时，他的嗓门更亮，哈哈打得更大。朋友们只觉得他有趣，却不知他已有了醉意。

他也有醉的时候，但他绝对"从哪里跌下去，就从哪里爬起来"。偶尔，因身体原因，他也想拒绝朋友的酒局，说"我痛风的毛病犯了，真的不能喝酒了"。但只要一上桌，手捧巨觥，立刻，他又有了那种"挟泰山以朝北海，舍我其谁"的感觉。

有一次酒席上，我胡诌两句取笑他，"月是异地的情人，酒是归乡的小路"。他听后，立刻报以绝对超过一百分贝的笑声，接着说："酒不是归乡的小路，是归乡的大马路，是高速公路。月也不仅仅是异地的情人，她时时刻刻都是我的情人。"虽是取笑逗乐，却处处见他的真性情。

如此高质量的酒友，常常让我忘了他的真实身份。这位高阳酒徒，乃是湖北省美术院的专业画家。说老实话，我们在一起极少言及绘事。不是他不肯谈，而是我很少问。不过，对他的画，未看之前，我先已有了一个估计，一个人在酒桌上有着如此非凡的气度，其笔下的山水，不大可能是那种庸俗的小格局。

前不久。竹君将他的近两年的百十幅画作的照片送给我，说他要出一本画集，希望我写点什么，我顿感为难。让我谈人，好说。让我谈线条与色彩，这就有些麻烦了。勉强为之，也就只能是东扯西拉，语焉不详。幸而竹君说，你想怎么说就怎么说，这让我释然。至少，我不必板着面孔，说那些不懂装懂的套话了。

不过，细细读过竹君的画后，我忽然觉得还是可以说几句的。这些画，这些住在宣纸上的山水，是雄浑多于清丽，盘硬多于婉约。通过绚丽的色彩，通过峭拔的岩石，竹君试图进入山水的内部，他想发现肉眼不可能看见的分子的舞蹈，电子的回旋。这是一种探索者的渴望。但这种探索永远只有过程，没有结局。满屋的酒香，你能用手握住吗？

竹君告诉我，他喜欢赵无极的画。赵无极是舍弃了所有的具象的。他的色彩与线条，早已深入到生命的内部，让人从流畅与和谐中感受到抽象的美。竹君的画，尚在具象与抽象之间。这说明他亲历过的山水，既契合了他的精神，又不能被他磅礴的激情而淹没。

赵无极的画，达到了物我两忘的境界，这已经很难很难了。窃以为，这虽是上乘功夫，但还不是最好的。禅家悟道有三重境界。第一重是见山是山，见水是水；第二重是见山不是山，见水不是水；第三重又是见山是山，见水是水。因此借喻绘画，即可看出画匠、画家与大师的区别。

竹君的画，一直在努力追求心灵与自然的沟通。在不懈地探索中，内心的冲突常常演变为画幅上的迟疑，性格的豪放铺陈为山水间的苍茫。

　　我没有问竹君，援笔作画，他是否有酌一壶高粱的习惯。竹君啊，你既赞同"酒是归乡的路"，没有酒，你怎么能回到故乡，你胸臆间的山水，又能在哪儿安家呢？"今宵酒醒何处，杨柳岸，晓风残月。"柳永的这一词句，为我们勾勒了故乡的寥廓与清旷。

　　为了画，为了精神的探求，竹君老弟，端起你的酒杯吧！

2004年4月28日夜

一叶一如来

　　幕阜山脉横亘其间的鄂南，山不峻耸而峭拔，水不澎湃而萦曲，正所谓人境也。人境不等于仙境的是，春花秋叶中，多了些酒旗社火；月白风清下，平添了鸡犬桑麻。松风吹解带，山月照弹琴，是仙境；客路青山下，行舟绿水前，是人境；仙境多与佛道通，人境常涵诗画缘。盖因如此，鄂南多产诗人、画家。远的不说，单道这二三十年来，诗人出了叶文福、饶庆年、梁必文、柯于明等等；画家出了董继宁、孔奇、袁崆银等等，都是风流蕴藉之士，都有资格参加兰亭修禊那样的雅事。

　　日前，又有一人，说是看了我给孔奇和袁崆银写的画序，也想请我谈谈他的画作。于是在摄影家孔艺的安排下见面，一看却是熟人。这位供职于咸宁市文联的乐发旦先生，身材颀长，黑发齐肩，绝不像鄂南山里的出产，因此在数年前相见时，给我留下很深的印象。但那时并不知道他雅好绘事，只知他是一家规模不小的装修公司的老板。通过交谈，才知晓他少年时就学习绘画，青年时是县剧团的美工，来省城闯荡后，囊有余资，于丹青一业，时断时续。断时挂牵，续时兴趣愈浓。这二年，竟如画痴一般，生意上的打点，竟淡然许多。我一向认为，集墨香与铜臭于一身的人，是现世的福报，大多数人不能兼而得之。乐发旦既有了熊掌又有了鱼，以生意补绘事，岂不乐乎？至于两者之间孰轻孰重，消长损益，都是张弛中事，不足为怪。

　　乐发旦送给我看的二百多幅画作，都是近两年的墨迹。画作的三分之二，是山水。我问他，是否去名山大川描摹写生，他摇摇头，腼腆地说："没有时间。"天下峰岳，峥嵘憨怒，各尽其态，各臻其妙。乐发旦未履名山，而胸中自有丘壑，岂不怪哉？转而一想，说怪也不怪，他自小在山区长大，旦夕间云烟养眼、岩瀑娱心。所以中年以后，每临画案，故乡风物，便如灵蛇之珠，窜然奔来笔下矣。诚如董其昌所言："气韵不可学，此生而知之，自然天授。然亦有学得处，读万卷书、行万里路，胸中脱去尘浊，自然丘壑内营。成立郛郭，随手写去，皆为山水传神。"乐发旦为山水传神，得力于学画前的先天滋养。当然，没有走万里路仍是憾事。所以，他画作中局部的岩坡为多，而肆意勾连的峰峦却是显得少了。

常言道，一个画家欲成大气象者，三十岁前须解决好诸如构图、笔墨、技法等基本功问题，尔后再从容发展。正所谓既学古人，又学自然，转益多师，最后成就自己。乐发旦现在所做的功课，似乎是而立之年的作为。他画得非常勤奋，但画幅中的笔趣，可看出不同的来路。有石涛的山、陆俨少的树，周韶华的泼墨等等，凡与前辈心灵相契处，画作就显得生动；凡单纯学艺的笔意，便显得迟疑不自信，处在这一阶段的画家，是最痛苦时，也是最兴奋时。突破了这一阶段，便会产生"一览众山小"的快感。乐发旦似乎快领略到快感了，但那快感稍纵即逝，又似乎把握不住。

乐发旦有一幅画，没有峰峦烟水，仅五棵无枝无叶的老树，很显然学的陆俨少。这幅画的题目"一花一世界，一叶一如来"，端的让我喜欢。佛家的偈语用作画题，可见画家醉心于禅家的冥想智慧。对一花如对世界，见一叶如见如来，这种达观作用于绘事，既是执着，亦是虔敬。

2008年7月19日 入伏第一天

艺术的依归

那一年，受陈忠实先生的邀请，我到西安参加首届中国文人书画展的开幕式。欣赏众多的文艺名家的书画作品，实乃是赏心乐事。那一次参展的作品很多，亮宝楼内的几个展厅，都是琳琅满目。记不得是在哪一个展厅了，一件横幅的书法作品吸引了我。写的是王维的五言律诗《渭川田家》，章法闲雅，每一个字都是活的。乍一看上去，还以为是宋明时期的古人之作。细看落款，有"张红春"三字，不免狐疑，难道是个女的？忠实先生在一旁说："是陕北的一个小女子。"不但是女子，而且还是陕北的，这就引起我的好奇了。我问她在不在现场。忠实说不在，如果想见她，可以让她赶过来。

第二天，张红春真的就从延安坐车赶到了亮宝楼。看她长得清清秀秀，说起话来还有点腼腆。不免又生狐疑，陕北那黄土高坡上，怎么会养育出这么个温婉的女子呢？更有一种奇处，这个温婉的女子，字里行间怎么会透出那么浓郁的士大夫气呢？交谈中，才知道她的专业是从事财经工作。财经与艺术，是两股道上的车。她的书法，纯粹是业余的爱好。这就让我明白了一些事情，她身处僻地，又不在文人圈子里头，因此心里头静得下来，也避免接受许多污染。

从此，便和张红春有了一些交往，几年时间里，得知她从延安调到了西安，又当选为省书法家协会副主席，但偶尔在西安见她一面，仍觉得她静心如昔。她的调动只是工作，心并没有调动。不必问她喜欢延安还是喜欢西安这样的大问题。对于她来说，从彼处迁居到此处，只是从一幅字走到另一幅字，内容有了变化，但线条和结构还是属于她的。

张红春曾寄给我一本她的著作《语言的阁楼》，薄薄的一本，既有她的书法，也有她的散文和诗。这才知道，原来这小女子不只是借助书法的线条练习逸志，她还能够从文字的感悟中陶冶情操。我认为这应是书法的正途，若一个书家，总是在抄写唐诗宋词，而不能自抒胸臆创造一些快意文字，则这书家岂不成了字匠。明代有一种官职，叫中书舍人，就是专门抄写诏告宣谕等文件的，他们的本钱就是会写字。但世人从不称他们为书法家，因为他们不能做到我笔写我心。

张红春从严要求自己，不但写了许多文章，亦读了不少著作。所以，当她将近作《手札——生命的留言》这本书的手稿传给我的时候，我并不感到惊讶。因为我对她已有了较深的了解。她并不因为她的书法得到同道普遍赞扬而沾沾自喜，她还是愿意尽可能地做一点学问，探求书法的意蕴。

应该说，从手札入手来寻找中国书法的真谛，这个路径是正确的。书法中最率意的文字，莫过于手札。于此可窥见中国文人的性灵、才气、风度及修养。张红春分门别类，择其古代手札之杰出者，阅雅阐幽，于散淡处见品味，于细微处见精神。对于研习书法文字的爱好者来讲，此一工作善莫大焉。

关于《手札——生命的留言》这本书的旨趣，不容我赘言，读者自可品藻。我所要说的是，正确的悟道方法，首先是敬畏古人，继而转益多师，最终拓出自己的一方天地。这是艺术的依归，亦是生命的依归。

2009年7月7日

《兰干武书法小结》序

兰干武先生与我同在湖北省文联工作，不同的是，我在文学艺术院，他在书法报社，但仍然是同事。今年，他拟出一本书法随笔集，嘱我作序，这是我乐意做的事情。

这几年，《书法报》在全国书法界的影响力日益增强，用声誉鹊起四字形容，似也不算为过。究其因，除了社长舟恒划先生的运筹能力之外，其编辑队伍也是足堪重任的团队。而担任主编的兰干武先生，也是可以毫无愧色地领取一份功劳。

记得三年前，兰干武找到我，要我谈一谈书法。我的专业是文学，书法只是爱好。在专业的《书法报》上谈书法，岂不是班门弄斧？便拒绝了他。可是，兰干武先生却固执地要采访我，并说"文人书法在中国书法中占有重要地位"之类的话，以示采访之必要。我便不好拒绝了。于是，数日后，便有《从风俗到风雅——熊召政接受本刊记者专访谈书法》这篇文章刊于《书法报》头版。

在采访中，兰干武得知我的一些文学艺术界的朋友诸如流沙河、贾平凹、陈忠实、张贤亮、唐国强等都喜欢书法，他便要他们的电话，说是要全部采访他们，在《书法报》上开一个名家书法访谈的专栏。兹后，他不惮烦累拜访上述各位。虽因各种原因未能全部实现采访，但毕竟成功访谈了数位。而名家访谈的栏目，也成了《书法报》的精品栏目了。

兰干武执着于《书法报》的编务，常常会有一些创新。除了编辑，他自己也动手写文章。我读过他的谈于右任书法、谈弘一大师篆刻等文章，都剖析允当，无隔靴搔痒的毛病。当然，最值得一提的，还是他的书法。

兰干武年轻时，也是一位文学爱好者，曾编过一份小型的文学刊物。他学习书法，是从二十七岁开始，先学柳公权再摹颜真卿，然后上溯魏碑、汉书、秦篆，一程程走下来，也是下了苦功的。

由于习书稍迟，没有童子功，兰干武的字，便没有生于稚气中的功力。但他后天发奋，急起直追，于今的字，脱胎于篆隶的行草，倒是生出了勃郁的气象。像行书斗方的《日长睡起无情思》、行书横幅《故人具鸡黍》等作品，既可看出他临摹碑帖的功夫，亦能品味他腕底的气韵。孟子要人养浩然之气，然养气之难，在于难以修业。兰干武的修业精神，虽不到极致，然亦在同辈人中走在前头。

兰干武有一篇小文章，谈他临摹《张迁碑》的体会，很有见地。习书者读此当有教益。当然，我们也可从中读到他一次次深夜临池的辛苦。正是这辛苦，才换回他今日编报的眼光，写字的心得，期望兰干武在今后的书法生涯中，取得更大的成绩。

2010年7月3日于梨园书屋

读《竹亭印存》

日前，收到刘葆国先生寄赠的《竹亭印存》。花了半日时间，我将葆国先生精心创作并收录其中的170方圆朱文印逐一欣赏过。其过程，犹如濛濛春雨中，与故友坐在蒙山顶上，品饮翡翠般的雀舌。

我与葆国先生从未谋面，但曾两次前往他供职的上海图书馆讲学。正因为这个缘故，他从同事中知道了我对书法的爱好。于是，传统文人的"以文会友"的风尚起了作用，我得到了这本装帧考究落落大方的印谱。

开卷有益，指的是读到了好书。而一本对了胃口又能引起强烈兴趣的好书，捧在手中，便如踏进了水绿峦青、花繁林密的山阴道，不但养目，更能怡情。

葆国先生为我们精心构筑的这一条圆朱文印的山阴道，始于"缶庐"，终于"不知老之将至"。缶庐是一代宗师吴昌硕的斋名。吴昌硕从友人处得古缶一尊，以之名庐，取其古犷朴质之喻。葆国将其治为巨印。以边款记其事："一代宗师吴昌硕，此造像十余年前所作，印于同时刊初、续二稿，俱废。今得第三稿，历时之久，其艰自知，雕虫岂可以小技观之也。乙酉九月，竹亭补记于海上。"而"不知老之将至"一印之边款，则录下全篇《兰亭序》。

在"缶庐"一印中，葆国表示治印不可以雕虫小技观之。而"不知老之将至"乃五十四岁时作品。人过天命之年，正是老之将至的时候，但将至而未至。此一阶段，人生阅历、学养已经丰富，精力尚亦饱满，应该是出"无上妙品"的时候。《竹亭印存》用上述两印作为起止，良有意焉。

治印入门易，自成一家难。葆国专攻圆朱文印，可谓难上加难。圆朱文印全凭字之结体与线之运动。于此两点，创新犹难。欣赏葆国之印作，无论是名章、闲章，还是边款，不但能欣赏到虚实相生的造型妙趣，亦可以从边款的只言片语中读到他的心灵。字如其人，文如其人，印亦如其人矣。读葆国的印，便觉得他是一个很安静的人。他的金石味，体现在冲虚淡泊上，他的笔墨情，蜿蜒在谦和冥想中。雕刀在他的腕底，柔软如羊毫；顽石在他的手上，被镂成精巧的故事。经过多年的坚守，多年的探求，葆国的圆朱文印，已是上承百家，自成气象了。

葆国五十六岁时，用寿山石刻了"吾日三省吾身"这枚闲章。粗粗看去，像一个小巧的博古架，放了些夏鼎商彝在上头，多而不杂。亦像是苏州拙政园中的一扇山窗，见着些盆花藤蔓，错落有致。我想，他的治印风格，于此可见端倪。

北宋南渡之后，江浙盛产文人。千年以来，书画印石大家，更是推陈出新，代不乏人。读葆国的印，如同读晚明的小品，于方寸之间见大天地。于寥寥数语中体会人间的万象。这样的艺术，是可以穿越时空的。

2010年8月8日于梨园书屋

品《行书四字箴言》

与江作苏先生相识二十五六年了。那时，他风流倜傥，意气风发。投身于新闻，寄情于翰墨，生命的旨趣与情操的陶冶融会贯通，不疾不徐，让过去的每一天都变成流金岁月。当年风华正茂时，我觉得他人情练达；如今他人情练达，又给人以风华正茂的印象。不违时势，锻炼人生，作苏是成功者。

近几年，我才知道作苏先生喜欢书法。笔政之余，常得临池之趣；公务之遐，不辍挥毫之乐。偶尔于朋友处看到他的书作，便觉有一股清泠之气自他腕下生。点勾撇捺间，可揣摩他的学养，起承转合处，可琢磨他的境界。

日前，他以新出的《行书四字箴言》见赠。静夜灯下翻来欣赏，顿时产生了春日踏青的感觉。

书法创作同文学创作一样，不外乎两点：一是怎么写，二是写什么。怎么写是技术问题，写什么是品格问题。若是只注重前者，便是形式主义，只注重后者，又失去了书法意义。一部好的书法作品，应是两者的完美结合。

作苏在《行书四字箴言》自序中开宗明义地说："箴，初始意思是缝衣的工具，后来作'针'。箴言则是古代的一种文体，即规谏劝戒之言。箴言富有深刻的思想内涵，简短精辟易记易用，并常常附带有感情色彩，包括贬义与褒义。"

这段话让我读到两层意思。一是作苏看重书写的内容。二是进入"天命"之年后，作苏看重并理解了四字箴言中所蕴含的中华民族传统的人生智慧。至于书法，作苏只是在《自序》的最后淡淡说了一句："余嗜书法，以书艺流布国粹，乃寸心向往之。"

好一个心向往之，没有一个"淡泊高远"的人生选择，以及时时浮起的"思逐风云"的冲动，便不会产生此种"怡情物外，雪涤素怀"的要求。书艺是技术问题，技术不能左右人生而只能为精神服务。作苏的心中有一个主次。主次即君臣，有君无臣不成气象，有臣无君不成体统。主次亦可视之为皮毛，"皮之不存，毛将焉附"道尽了两者的关系。

尽管作苏先生淡言书艺。但他的心向往之的举动就是"以书艺流布国粹"。因此流淌在四字箴言中的书艺，亦为大观。作苏的书法，行藏足窥见识，取舍全凭心意。字之结体，懂法度而不拘法度；谋篇布局，总以轻松流畅为宜。文人的书法，为世间看重的是书卷气，但写出书卷气来，何其难也。火候不到则酸腐，火候过头则乖戾。二者之于文人，如影随形，作为文人的江作苏，注意到了这两点。因此，他下笔便见主意。当然，若以苛刻求之，他尚未达到"下笔如有神"的地步。不过，"下笔如有戒"的境地，已活泼泼地存于他心中了。

2010年8月22日于闲庐

他已踏上山阴道

中国古代的书法家，卓有成就传诸后世者，除了张旭这样极为特殊的个案，大多半在官人，半在文人。书法在古代不是一种职业，而是一种爱好。读书人手中的毛笔，就像现在学子手中的电脑键盘，是一种书写的工具，首要的作用在于表达而非艺术。但毛笔与电脑毕竟不同。电脑借助科技而复杂、便捷，毛笔借助心灵而律动、飘忽。

忠学先生是官人出身，早期从事科研，中年后改为行政。从经历上看，他似乎与书法无缘。因为到了现代，书法已成为一种职业，几乎与官人文人脱钩了。尽管现在有所恢复，但更多的官人，仍无法对毛笔建立感情。忠学先生对书法的热爱，可以追溯到童年。他与司马迁是同乡。那片三秦大地的黄土高坡，对于庄稼而言，是瘠地；对于文化，却是一片难得的沃土。那里的人，无论是目不识丁的老农还是身居高位的领导，对文化都保有足够的敬畏，对文化人更是尊重非常。这样一种传统，对忠学先生的影响甚巨，这就是他喜欢书法并兼及其他艺术门类的原因。

他的字，早期周正谨严，这是童年临帖的结果。一个人书法的根基，大抵应在十五岁前铸就，所谓童子功是也。自青年而中年，忠学先生远离了狼毫与羊毫，不是感情上起了变化，而是时代风气的改变。五十多岁后，随着传统文化的复兴，他对笔墨线条的追求不再被斥为不合时宜，他的少年时代的爱好才又重新萌动。

细观他的书法作品，大致可分为两部分，一是童年临帖而产生的字幅，一撇一捺，谋篇布局，皆有来历；二是晚年求变而开创的作品，貌如枯树，线条如蚓，大有古意。

窃以为，忠学先生书法的这两个阶段，前者情理兼容，理胜于情；后者兴趣并茂，趣在兴先。后阶段的字从美学上以四字概括，可称抱残守拙。

从行政的角度论，抱残守拙肯定是平庸的官员，可能会遭百姓的耻笑。但是，从书法的角度来看，抱残守拙应是难得的境界。

日本的书法家，并不欣赏尽善尽美。一幅字中，故意留下数处败笔，大有"无败不成书"的追求。粗略观之，会觉得有些可笑，哪有真正的艺术品会留下瑕疵的？但仔细一想，还是大有道理。古人云"金无足赤，人无完人"。我们所景仰的历史上的那些英雄人物，有谁是十全十美呢？到了一点毛病都没有的地步，琉璃球儿似的，肯定没有人喜欢，是真君子首先必有真性情。有了真性情，焉能没有毛病？有了毛病，就等于书法中有了败笔。这个败笔，就是残，就是可爱之处。

说了残，再说拙。

从字面上理解，拙就是不美丽、呆板。时下有一种书风，就是以丑为美。故意把线条弄得歪七竖八，字写得歪瓜裂枣。时人以拙誉之，大谬矣。凡书法能称拙者，必定是既让人从中看不到烟火气，又让人感到内敛的沧桑感。所谓拙，是既不见甜腻的馆阁，亦不见粗俗的头巾；处庙堂而不见横霸，处江湖而不见草莽。此是上乘功夫，不面壁十年，焉能获得？

忠学先生的可贵之处，就在于悟到了书法的真境界，把"抱残守拙"四字奉为书道的圭臬。不是说他已步入化境，至少，他已踏上了山阴道，于丛柯交复、莺啼燕啭的书法江南，从容体会艺术的真谛。

2007年9月29日 于梨园书屋

序任法融书法

古人言："诗无达诂"，用之于书法亦然。

任法融道长深谙道德之精微，寄身于终南山中，出入于众妙之门。善摄真气，练就法身。且好书法，犹喜榜书。植根器于笔墨之中，灌道气于尺幅之间。偶一挥洒，便见吉光灵雨，为世间所宝爱。

道融世间，亦融于素纸。观任道长之书法，採墨偏焦，用笔枯峻。于"九层高台"上看"日开月明"，有岩石姿，有云烟态；于"山高林茂"中悟"天道无为"，无烟火味，无头巾气。笔下之月，绝不似天庭之月，不似佛家，可浸千江之水；腕底之鹤，可允为尘外仙鹤，嚼尽风霜，慢啜万壑之风。好一幅"虎跃空山"，满纸腾起英雄气；细品味"见龙在田"，真个是老鲛卧波……

艺术乃性情之物，道长以笔墨传法。幅幅作品，字字箴言。于浓淡中参阴阳，从点线中看太极。有时盘亘如老藤，有时突兀如阵马。本说"清静"，却似飞瀑；此处"松涛"，却如大雪。观字而思人，睹人而悟道，得道而通神，会神而凌虚。正所谓锦绣在胸，春秋满眼。步入其中，怎能不想入非非！

写到此，忽觉有一条阴阳鱼，从楼观台游来我的书案。眨眼之间，便觉满屋云烟。窃想借任道长的宝剑一用，用它来劈开混沌，斫取灵光。

2010年9月7日武汉梨园书屋

于力的把式

八百里秦川，两种人居多，一是庄稼人，二是文艺人。这两种人放在江南，便有天壤之别。但搁在陕西，倒像是兄弟两个。庄稼人重礼节，好佛道，爱秦腔，粗野中透着风雅；文艺人也是重礼节，好佛道，爱秦腔，风雅中掺着粗野。如果统一服装，你便分不出谁是庄稼人，谁是艺术家了。

就像本文要说的画家于力，乍一看，就是个庄稼人。见了生人，小眼睛眨巴着，显得局促，但酒杯子一端，见谁都不生分了。二两烧酒落肚，便无拘无束地与你谈笔墨与绘事。

于力转益多师，最后投到赵振川门下，这归宿尚好。赵先生的令尊乃"长安画派"创始人之一的赵望云。如今，振川已是长安画派的翘楚。于力投到门下八年，耳提面命，受益良多。

于力画山水，欣赏他的画，便看得出庄稼人的味道了。长安画派有句口号，叫"一手伸向山河，一手伸向传统。"反映在绘事上，就是要有扎实的写生，要有活泼的笔趣。于力的画作中，无论是八尺整张还是尺幅扇面，都是熟稔的三秦风物，都是典型的终南气象。在他的笔下，岩石也罢，烟岚也罢，树木也罢，都不是神仙的栖居，而是庄稼人的道场。庄稼人从土地上要收获，于力从笔墨中要精神。他要的精神，不是雅人的高蹈，也不是逸人的遁隐，而是农人的牧歌。

传统的笔法，功夫在线条上，而墨意，则存于晕染。有赵振川这样的严师指点，于力笔墨中学会了十八般武艺。犹如庄稼人，该使镢头的时候用镢头，该用犁锄的时候用犁锄。十八般武艺会了，就叫把式。我在于力的画中看到了他的把式，即将眼前的故乡变成心中的道场。

  诚然,于力不是那种天分很高的人。所以,完全不用担心他"聪明反被聪明误",他只是执著地追求他想要追求的,每天只想着一头撞到南墙上。这种犟性,就是不拿奸耍滑。

  有造诣的画家,首先是涉笔成境,再往下走,就是涉笔成趣了。于力的画,还在有境无境之间,有些灵气他似乎拿住了,稍不注意又从笔缝里溜走了。往后,于力要像养宠物一样,把灵气养在心里头,化在手指上。画的真趣,必然就会流露出来。

2010年10月6日于闲庐

《英山书画选》序

英山是我的老家。建县于北宋，迄今不过千余年历史。历史上属于安徽六安州管辖，1932年划归湖北，属黄冈市管辖。在安徽时，它是最西边的一个县。归湖北后，又成为鄂境最东边的一个县，地处鄂东皖西的交接地。至今，无论是国土面积还是人口都是黄冈市最小的一个县。

从人文地理的角度看，英山为世间所称道的人物景致并不多。境内传有两处墓葬，一为皋陶，一为英布。皋陶墓稽古难征，只空有一个皋陶山的地名。英布墓在英山尖上，毁于"文革"，前些年我去寻访，仅见到一些破碎的陶片。现在，最值得称道的大概只有两个了。一是活字印刷术的发明人毕昇，上世纪80年代，在英山境内发现了他以及他子孙的墓葬。经国家文物专家鉴定为真迹。关于毕昇籍贯的历史悬案总算有了肯定的说法；二是绵延千里的大别山主峰天堂寨在英山境内。敝县虽小，于大地的脉气，总算有了一个万山朝宗的地位。

不过，敝县的风俗，倒是值得一提，这就是尊重读书人。县里的经济虽不发达，但琴棋书画，诗词歌赋却很有市场。寻常人家的红白喜事，都会有人写诗、写联前往表示祝贺或哀悼。事情办完后，主人家还会聚拢诗联印成一册以资纪念。我几乎每年都会收到几册这样的纪念集。

数年前，在我的提议下，县文联编辑了一本《英山诗词选》，入选者两百余人。其中有许多佳作。一本在手，足可浏览英山的文气。虎年夏季，我的老朋友陈凯文先生的女公子陈丽娟出任县文联主席，在众多乡贤的襄助下，准备编辑一本《英山书画选》，甫一决定，应者如云。数月内作品征集近千幅，从中选出两百余件作品汇聚成册，丽娟嘱我作序，乃有此文。

客观地说，英山书画比之诗词，水平要低一些，从创作的角度来讲，能登大雅之堂的不算太多。但从怡情遣兴的角度，篇篇皆可玩味。孤芳自赏既可视为文人的通病，亦可视为文人的可爱。至于敝帚自珍，无论从何种角度，都应视为美德。

这本《英山书画选》，可视为全县文人对过去书画艺术的总结，亦可视为新的追求的起点，基于此，它的结集才能彰显其意义。

君子之质成矣

我与贻洵先生相识多年,然最初,我只知道他是电力系统的科研工作者,尔后又是管理者。我们之间的谈话,很少涉及到文艺。直到几年前,在一次书法展上看到他的作品,这才知晓他的另一面。

此后与贻洵先生多次交谈,才知道书法与金石是他的最爱。比之绘画,金石与书法更加国粹。近年来,爱好书画的人渐多,各类画院、书苑与印社应运而生。这是传统文化得到弘扬的表现,是好事。愿天下有情人终成眷属,套用之,则祝愿天下爱书画者终成正果。但这祝愿不适合贻洵先生,因为他早已越过了书画爱好者这个层面。

贻洵先生给予我的印象,是谦谦君子,儒情满怀。这大约与他的家世有关。他出生于江苏宜兴的蜀山镇。宜兴是文华渊薮之地,蜀山更是丹泥紫砂之都。比之青瓷,紫砂更具文人气。宜兴的文人甲于江南,其中精于绘事的徐悲鸿与尹瘦石等。皆为一时翘楚。贻洵出生于此,先天便得了山川灵气的滋养,幸莫大焉。他的祖父是一位经营布料的商人,曾任丁蜀商会的会长。老先生经商之余,喜欢收藏书画。据说曾收有杜甫真迹,抗战期间逃难。仓促埋于地下,老先生故世,后人不知掩藏之地,使此国宝至今不能白于天下,惜哉惜哉!

贻洵幼时从父母游,历居苏、鄂、湘等省,于南京雨花台下,于长沙岳麓山前,于汉口长江之畔,皆以童稚之心,契合山水妙谛。八岁后定居武汉,迄今已历半个世纪。黄鹤杳杳,云水苍茫,其间多少回忆,有温馨,亦有寒怆。

最令贻洵难忘的是,他十五岁时,成了西泠印社创始人之一、一代篆刻大师唐醉石老先生的入室弟子。唐老先生以其印作及秦汉印制指授其义，点拨刀法。由汉印之平正，渐及秦玺之浑厚，以扫叶山房之《康熙字典》善本揣摩法度，以文征明小楷《离骚经》把握边款。使其印石扫媚俗之形，具远古之气。唐老先生传授其书法，则让贻洵自欧阳询楷书入手，而后横拓于隶、篆、碑金等各种流派。春去秋来，数易寒暑，贻洵从严师悟法度，辨真伪；从印蜕想其灵动，于宗风溯望源流。不觉售利之心泯矣，君子之质成矣。

让贻洵先生难过的是，1965年高中毕业的他，本可以入读中央美术学院。奈何其时正是文人遭厄之时，艺术凋敝之日。父母屈于时弊，更迫为生计想，让他转考武汉水利电力学院。兹后，贻洵的生涯，便与"电"结下了不解之缘。

贻洵先生虽然迫于无奈选择了电力系统自动化专业，但他"既来之，则安之"，不仅没有跳槽，反而在这一领域里作出了贡献，其主持的科研项目多次获奖，在业内颇有好评。与此同时，他对金石书法保持了始终不渝的追求。

正业之暇，他或以刀为笔，在方寸之间，表现大千世界；或以笔为刀，在姓"宣"的纸上，刻下一派斯文。当风霜过去，他的雕刀愈加锋利；当铅华落尽，他的羊毫更是闪亮。熟悉他的朋友都知道，他做人儒雅而谨严，他所追求的艺术，恰如其人，毫无二致。

近几年来，贻洵先生"电"事稍疏，钻研书印技艺的时间多了起来。他的印制与书法，都获得过一些重要奖项，更重要的是，朋友们都以能够获得他的刀笔杰作而荣幸。

至于他近些年来的印与书，其雅、其妙，相信读者诸君可以通过他的结集自阐其微，自品其馨，不用我在这里饶舌了。

2006年2月18日记

文人的根器

艺术的心永远年轻,这句话对于忠学先生来说,不是褒奖,而是事实。几年前,他在副省长的位置上,每每谈到新的企业发展模式,新的利润增长点,新的国际知名财团来湖北投资,他都会眉飞色舞。当时给我的强烈印象是,这是一个工作狂。我担心他哪一天从领导岗位上退下来,会产生失落感。令我意想不到的是,他卸下工作的重担后,竟还能保持旺盛的热情。只不过这种热情不再是经济,而是艺术。

忠学先生是学者型官员,从政之前,长期从事技术工作。但不管是在何种岗位上,业余时间,他一直保持着对文学艺术的爱好。有一次他对我说,唐浩明先生创作的长篇历史小说《曾国藩》刚出版不久,他就买来读了两遍,若干章节还作了大量眉批。我写作的《张居正》,他也是自己到书店买来阅读。他是完全可以不花钱买书来读的。他想要看什么书,自然会有人帮他去买。但是,他却自己经常去逛书店。他调侃地说:"要用实际行动支持作家、艺术家的劳动成果。"从这一点上看,他始终没有丢掉读书人的根本。

正因为如此,他在卸下政务之劳后,不但没有失落感,反而觉得自己的时间不够用,甚至比退休前还要忙。他有三大爱好:摄影、写诗与书法。且每一样,他都认真对待,惟其如此,他才一天到晚忙得不亦乐乎。

有一天,我们聚首小酌,他问我:"写旧体诗词的平仄好不好掌握?若要自如地运用,要花多长时间?"我说:"这要看一个人的功底和悟性,若少年时粗略学过,现在温习起来,半年即可。若从头开始,恐怕得花三年时间以上。"他回答说:"我用五年时间来掌握它,如何?"我只当是酒席中戏言,没想到自此以后,隔不多久,他就会从邮箱里发来"习作",这种孜孜以求的苦学精神,倒真是令我感动。

关于书法,是忠学先生最为着力的地方。他小时候练过书法,有"童子功"。所以,花甲之后重新拈笔,便有了一下子回到童年的那种温馨。他对书法艺术的领悟,处处充满了灵气,也体现出本真。譬如说一个字如何建架,如何用线、用墨,虽然有前人众多的碑帖可以仿效,但若自己没有触类旁通的领悟力,只知道一味地"依葫芦画瓢",则无论如何,也弄不出气象来。

忠学先生的书法,最简单地说,就是脱俗。相信我们经常会遇到这样的问题,某人的五官单独去看,都长得中规中矩,但搁在一张脸上,总觉得搭配不当,怎么看都别扭。书法也是这样,点、勾、撇、捺、横、竖、弯,似乎都是从碑帖学来,都有出处,可拼在一起,总觉得那字病蔫蔫的没有生气,这就是书法的大忌。所谓脱俗,就是得体。做人要得体,说话要得体,书法更要得体。

忠学先生书法得体,这得益于他的学养和阅历。他的诗,亦可用脱俗来誉之。这本书法集中的两首长诗,一赞司马迁,一赞苏东坡,都是中国文化史中卓绝千古的大师。忠学先生对他们景仰并抱有敬畏,字里行间真情洋溢,而书写成篇又见汪洋恣肆的历史胸襟。读这样的诗,看这样的字,足堪浮一大白。

说到底,忠学先生究竟有着文人的根器,不然,短短三四年间,他不可能在诗、书、摄影三个方面,都能取得不凡的成绩。看他的作品,套用一句古语来说,叫"士别三日,当刮目相看。"

2010年9月6日于梨园书屋

在孤独中灿烂

认识孔奇很多年，感觉他腼腆，不善言辞。凭感觉，这样的人从事艺术，没有选对行当，则很难成功。譬如当歌星、影星、主持人等，都是会耍嘴皮子，眼睛会送秋波，眉毛也会搞笑的角色。假想把孔奇推到强烈的镁光灯下，塞给他一支麦克风，面对台下黑压压的一片人头，让他说一句："朋友们，你们好，我今天给大家唱一首……"他只怕要晕过去。庆幸的是，孔奇从不想当银屏上的宠儿。他选取了画家的职业。每日于画案上，鼓捣几盒颜料、几支画笔。那份"日出而作，日落而息，帝力何有于我哉"的悠闲，使他的生命在孤独中灿烂。

楚地的绘画，虽没有像岭南、吴中、新安、浙中、长安等画派那样以集团军的力量，向世人展示出美学追求以及不趋俗流的魅力，但依然在中国当今的画坛，占有一席虽不太显赫但却十分独特的地位。

何谓独特，即鄂省的绘事虽然发达，却从未形成某种为世人瞩目的流派。究其原因，乃鄂省人的性格，儒者多侠气，莽者多匪气。所谓侠者，都是排斥集体的智慧而刻意彰显个性的光芒。这种超凡绝俗的心态导出"王侯将相宁有种乎"的豪迈，也导出了"数风流人物，还看今朝"的自信。唱一点颂歌的话，则侠的形象支撑，一在豪迈，一在自信。而侠的令人不愉快的一面，则是老子天下第一，对谁也不服气。

基于此，鄂地之文学艺术界侠气弥漫，仗剑走天下的英雄代不乏人。但这些英雄相互之间，轻者彼此陌生，重者势同水火。

如果从精神层面来谈，这些英雄恩怨实在不值得一提，它的后果是"为伊消得人憔悴"；但从艺术层面来探究，则大可赞颂。性情中人大都有独特的品质，其独特又恰恰是艺术的根本。

　　孔奇既然腼腆，自然就不是好战分子。事实上是一个老好人，完全没有那种"与人斗，其乐无穷"的天赋。但于绘事，他却有着藏巧于拙的异禀。

　　孔奇的绘画，可分为两个方面：一在人物，一在山水。真正的"左牵黄，右擎苍"，两手皆辛苦，两手都浪漫。若细究，亦可看出分别，他的人物重"显"而山水重"隐"。我们知道，唐诗总的美学底蕴是"显"，而宋词是"隐"。显者，明白如话也；隐者，曲径通幽也。所以，我们称李商隐是诗中词，辛弃疾是词中诗。说孔奇的人物画为"显"，并不是以毕加索为坐标，有人物的素描与变形之分，而是他描绘这些人物的目的性很明确，他渴慕美而欲宣泄心中的压抑。画每一位女郎，他的脑子中先已有了"落花人独立，微雨燕双飞"的意境。而他的山水画却不一样。生长于九宫山侧的他，从小接受鄂南山水的熏陶，晨岚夕雾、春花秋月都曾是他生命中最好的营养。同样一支画笔，画人物时我们可以看见线条的刻意；画山水时见到的却是线条的率真。如果说，人物画中的女郎是他的渴慕，那么，山水画中的苍岩深壑则是他生命的本身。欣赏他的山水画，你会产生"相看两不厌，惟有敬亭山"的那份物我两忘的优雅情怀。

　　孔奇的巨幅山水已为人民大会堂、中南海怀仁堂、中国博物馆、中国美术馆等多家重要单位悬挂和收藏。可见，他的绘事已进入某种高度。虽不是洛阳纸贵，却已经名传遐迩了。

　　前面已经说过，孔奇是一个在孤独中求灿烂的人。相信他的灿烂会保持下去，会从簇簇芳菲进入满山杜鹃的境界。

2007年6月10日上午

不会消失的亮点

近年来，欣赏中国画的人多了起来，讨论中国画的人也多了起来。如果画家与批评家坐在一条板凳上讨论问题，倒也是不错的一件事情。问题是，美术批评家已成为专门的职业，常常从云端上俯视画家，很浅显的道理，被他们弄得玄而又玄。我不知道，这是绘画的幸事呢还是不幸。哲人有言，理论是灰色的。这是经典之言，那种自己没有任何实践，仅只是从理论到理论的玄言，则更是灰得难看了。

这么说，好像我要排斥理论，非也。我只是不喜欢空洞的说教。如果是将自己多年的创作心得与摸索的经验发乎为文，展读于人，就能得到教益与启发，同道间的以文会友，古人称之为切磋，是快乐的事。

日前，我读到袁崆银先生的《聚"点"成像》这篇文章，便被他的观点所吸引。袁先生结合自己的绘事经验，提出将"点"作为中国画的一种主要表现手段，我顿时产生了疑惑。

中国画的技法若要细细划分，也是林林总总，汪洋恣肆。但若简约来说，不外乎"点、线、面"三种。"点"历来是线与面的补充，线与面则是中国画最重要的表现手法。如今，袁先生提出要把"点"的作用提升到线、面同样重要的位置，这是对传统的突破。

历史上，曾有一位苦瓜和尚擅用"点"来作画，但其画作终如晚明文人的小品，虽精致圆融，却不能空阔大气。自苦瓜之后，有黄宾虹、潘天寿、吴冠中等大师，亦在"点"的运用上下过一番工夫。但他们始终没有说"点"可以与线与面一起构成国画的三足。

如今，袁先生提出聚"点"成像，这就有点横空出世的味道了。按图索骥，我细读他用"点"绘出的《十二生肖图》《春荡温泉谷》《巴山蜀水》等画幅，便感到在"点"的技法上，他的确做到了超迈古人。

袁先生于"点"情有独钟，倒不是故意标新立异，而是他多年探索的结果。线伸缩自如、粗细随心；面大小缘情、横侧适意。国画的表现力，十之八九于此备矣。相比之下，"点"却缺乏张力，芝麻大的点点，参参差差地蘸到宣纸上，弄得不好，会让人起一身的鸡皮疙瘩。但袁先生的"点"作，无论是山水，还是人物，都点得恰到好处。袁先生将点概括为有序点和无序点。创色积点、墨积点、色破墨点、墨破色点、以点的形象而言有雨丝点、牛毛点、大勾点、斧劈点、索点、连牵点等数十种，这真有点天人神授了。我向来认为，最高明的厨师不是蒸龙炮凤、煮海烧山的那一种，而是用一种原料做出几十种乃至上百种口味绝佳的菜肴，像潮州人做鱼、四川人做猪肉那样，原料仅此一种，花样日日翻新。这种高妙，真乃是化平庸为神话。袁先生笔下的点，就像四川厨师手下的猪肉菜，不但有口味，而且有灵气。

由画及人，我对袁先生产生了兴趣。有几次茶酒相邀的机会，便与之闲谈。得知他与我一样，故乡都在山里头，感情上更是亲近了几分。人熟了，读了他的文章，再读他的画，便感到他笔下的佛光菩提、人物禽鸟，都是他某一时期心灵的对应。生活缺乏庄严了，他想沐浴佛光；感到人情冷淡了，他想与禽鸟相亲。他最多的画作仍是山水，但袁先生笔下的山，少空谷幽兰，多嶙峋岩石；少明媚绿韵，多沉苍突兀。可见，袁先生活到六十岁了，还没有学会随波逐流，他的襟抱，不是外圆内方，而是外方内也方，这是难得的艺术家的个性。

有一句俗话，叫无巧不成书，窃以为这是小说的真谛；类比于袁先生，叫无点不成画，这是袁先生的追求。

祝愿袁先生的画作，在国画的时空里，成为一个不会消失的亮点。

2008年元月6日夜

思想的幽居者

读振川先生的画，恨不能飞越潼关，到曾经洋溢着盛唐气象的陕西作逍遥游。

上世纪50年代，以赵望云、石鲁、何海霞为代表的陕西画家提出"深入传统、深入生活"的创作口号，并创作出一批极有影响的画作，时人誉为长安画派。经过半个多世纪的磨砺与颠踬，长安画派由兴盛转为沉寂，又由沉寂转为裂变。如今长安画派顽健如初，只是在形式上浓烈了一些，内敛了许多。振川先生应是时下长安画派的翘楚。

振川的绘事，虽承继了乃父赵望云先生的衣钵，然转益多师，石鲁、何海霞等大家，对其点拨尤多。民间有言：师傅领进门，修行在个人。1964年，振川的画作《山林新声》入选全国第四届美展，其时他刚刚二十岁。好一只关中的雏凤，振翅飞入画坛，已是清音可爱，超迈可期了。兹后的日子他风过雨过、霜过雪过。嚼尽辛苦，老来渐入化境，笔兴怡情，直如长堤内的春水。

我关注振川先生的画，自去年始。老友杜爱民先生在去年的《美文》杂志封底上，开有《长安往事》的专栏。小文章写得玲珑，每忆儿时之西安，如头陀说世事，淡得有味。每篇短文，都配有振川先生的一幅小品画，同样淡得有味，同样玲珑。然此玲珑非彼玲珑也，疏疏的几根线条，在不经意之间，勾出人间兴废。便觉得，不认识这一位画家，怎么说也是我人生的一大憾事。

今年春上到西安，经杜爱民安排，与神交已久的振川先生见面了，普洱一壶，欢谈半夕。于他，不啻清夜、出唾如珠；于我，却是童心勃发、良宵苦短了。

自此，有机会品赏振川先生更多的画作。他的画，无论是小品还是巨幅，都充满了笔墨的灵性。小品有大构图，如《关中小景》《巴山暮春》等；巨幅有小气候，如《终南秀岭》《汉江图》等。《冬河》是他早期作品，看到这画，便想起陕北的信天游。于是忽发奇想，莫不是振川先生用牧羊人的鞭子蘸了墨画出的吧。而他后来的作品，如《春早》《天山之春》等，看得出雄浑；《戈壁春居》《洛川十月》等，感受到律动。振川先生的画，最大的特点是线条生动，有宋元文人画的特质，但笔墨更为充实。有些画如唐人绝句，小中见大；有些画如宋人雄词，大中见奇。小而别致的《乡村小景》与大气磅礴的《云水绕巴山》出自他一人之手。这让我想到了王维，他既能写出"松风吹解带"，又能吟出"长河落日圆"。优秀的艺术家，应该是有多种笔墨的。

细观振川先生天命之年后的作品，发现一个有趣的现象。他的画题中，多"幽"与"居"这两个字。随手拈来，幽者如《太白幽林》《汉水幽馆》《茂林静幽》《终南幽境》《青城天下幽》等；居者如《窑居》《巴山春居》《溪山春居》《终南秋居》《巴山江居》《清爽可居图》等；将幽居合为一者，尚有《巴山汉水有幽居》《汉水幽居》《青山幽居》等等。

幽居作为画作的依止，可以看出振川先生思想的蜕变。他曾长时间深入生活，修炼艺术的世间法。为何天命之年后，转而痴迷于山中法呢？我推测乃是因为这二十年来，社会生活变化太快，物欲横流，趋名趋利已成众生相。此情之下，在有些人的手下，艺术沦为秽业，画坛已无净土。面对这种愈演愈烈的浮躁，一些对艺术有着宗教般虔诚的人，自然而然会保持一份警惕。振川先生应该就是这样的艺术家。智者择时而动，何时开放、何时封闭，则要看斯时的社会环境而定。当其时也，振川先生渴望当一个思想的幽居者，心灵亲山林而远城市,这不是逃避,而是为了保持艺术家不可亵渎的理想高地。

振川先生有一幅小品《乡村小景》,画得非常关中。看过,就想随振川先生一道,跨上村头那匹驴儿,颠儿颠地走回到唐朝去。

2008年6月28日 梨园书屋

以绘事为功德

丁竹君先生是荆楚画坛中比较活跃的一位画家。近年来，应邀于首尔、台湾、深圳、中山等地举办个人画展。作品也被多家美术馆收藏，迄今已出版画集四册。数百幅作品被各地喜欢他作品的人士珍藏。

荆楚之地，自古风雷激荡，形胜诸多。曰山者，东有大别、南有幕阜、西有武当、北有桐柏；曰艺者，战国有屈原、盛唐有孟浩然、北宋有米芾、晚明有三袁；曰江者，自西而东者，长江，自北而南者，汉江，自西南而东南者，清江；曰湖者、洪湖、东湖、汈汊、磁湖……千湖之省，不一而是。或有言：山高谷深出异人，艺术荟萃出大师；江湖之深出长蛟，江湖之远出忧患。李贽剃度于此，表达"本来面目应常在，未说攀龙奈若何"的意趣；李白移居于此，朗吟"我本楚狂人，凤歌笑孔丘"的情怀。

凡狂人者，必爱这片土地。狂之作用于政治，必摧枯拉朽，旋转乾坤；狂之作用于艺术，必天风海雨，大气磅礴。竹君先生既为楚之艺人，焉能不个性张扬，善养睥睨之气乎。看他的山水，胸中起层峦啸傲、岱岳风云；看他的笔墨，眼前如风来雨往、蚓蛰龙奔。凡善绘事者，必跌宕其表，锦绣其心；清癯其貌、寥廓其神。竹君先生怡情如此，遣兴如此。然后将自己的快乐通过画展与画集来与每一位朋友分享，是以绘画为功德，幸莫大焉！

2008年8月7日 立秋

独慷慨而豪饮

日前，培亮先生寄来他的新书《王羲之的手机号》，这是他的书法博客的结集。细细读来，便觉一个平常不说话，沾酒话犹多的山东汉子拿着酒瓶子与你天南海北地神聊，率性在眼，殊觉有趣。

培亮是书法家，当过大学的书法系主任，当过《中国书法》的编辑。二十多年的翰墨生涯，完全可以权威自居了。可是，在练字两年就可以当个著名书法家的年代，他觉得当一个权威实在心里发虚。他嘲笑自己"写了二十年，才写成这样，所以我感到惭愧。"但是，他接着又说："或许有一天，有人冒出一句'你的字还真有点汉魏风骨'，那样我就谢天谢地，两眼放光，激动失眠。"读到这样的话，便觉培亮不膨胀，但有风骨。记得那年去武当山，一个一米八几的道人，钻到桌子底下，如云絮一般舒展飘忽，打了一套太极拳，看的人都呆了。这种缩骨的功夫，真乃人间绝技。所谓不膨胀，就是缩骨。培亮是用手中的羊毫在打太极。他的字，楷隶兼修，融楷于隶。拘古而不泥古，求新而不创新。要写性情字，先作性情人。书坛上的古之大家，王羲之、张旭、米芾等等，都性情到极致。我想，培亮若生在晋朝，王羲之组织兰亭雅聚时，一定也会请他去参加的。

王羲之为何会请培亮去呢？原因有二：一是培亮有魏晋人那种洒脱；二是他有好酒量。

他写过一篇文章《大胆文章拼命酒》，不啻于是他的饮酒宣言："我的喝酒原则是，坚决喝白的，鄙视喝带色的，坚决喝高度的，拒绝喝低度的。中午半斤，晚上半斤。"翻开他的博客文章，写到酒的，特别是写到自己牛饮的快乐，不下十几篇。心中便想，培亮爱魏晋，真是爱对了时代；培亮生在山东，也真是生对了地方。中国第一批嘹亮的酒徒，便产生于魏晋。刘伶、阮籍，都是一天到晚把胃泡在酒里头。写到这里，我又胡想，如果培亮真的是魏晋中人，如果某一天，王羲之与刘伶同时邀请他去赴宴，他该选择到哪一家呢？舍此而就彼，舍彼而就此，似乎都不科学。

耽于酒而游于艺，发乎情而止乎义。培亮的人生，应该说结晶如此。只要读者有心，打开他的《王羲之的手机号》，便不难发现，凡是写得有个性的字幅，每个字仿佛都是从魏晋时期走出来的，亦庄亦谐，散散淡淡，都含了三分醉意。

培亮回腕高悬写了一幅陈子昂的《登幽州台歌》，我且将这首名诗的最后一句改了送给培亮：

　　前不见古人，
　　后不见来者。
　　念天地之悠悠，
　　独慷慨而豪饮！

2009年2月25日雨中于闲庐

《妙峰印严画集》序

近年来履痕之处，除了山水名胜，历史遗址之外，就是各处的寺院了。我曾出过一本诗词书法集《二十八年访禅记》，记述了我禅游的感受。

在中国历代高僧中，出了不少的诗僧、画僧、书僧。若单出一本《中国禅家艺术史》，一定会让人刮目相看。改革开放三十年来，是中国发展最好的时期，佛教亦展现蓬勃的生机。此时的出家人，苦修的志向虽有强有弱，向佛的心境虽参差不齐，但有一点可以肯定，即他们披剃为僧，很少有人是因为遭受了哀毁骨立的创痛，而是出于他们心灵的选择。即便是出家的文化人，也很少有"不得志而逃于禅"者，印严便是其中一例。

印严是上世纪70年代初生人，故乡云南大姚县，两岁时随父母迁居广东惠州。自幼爱好绘画，二十四岁就在吉隆坡举办了个人画展。二十七岁时，由于他心灵与佛道相契合的因缘，使他皈依当代最具影响力的高僧本焕上人门下，从此摒弃了俗世生活的追求，成为临济宗四十五代的传人，释名印严。

穿上僧衣的印严，以自身的行动表明了他拒绝浮躁诱惑，抗拒滚滚红尘的决心。但出家之初犹如进入古之蜀道，虽有奇山异水，但步步艰难。在本焕上人的教导下，亦因他本人锲而不舍的努力，几年之后，他终于在禅修境界中有所体悟。于暮鼓晨钟中研经课颂，从大枯索中获得大愉悦，从大封闭中获得大解放。此时的印严，证法参禅的境界已走完了蜀道而入了山阴道中，一花一世界，一叶一菩提，所触所感，无不妙趣横生。

妙峰山为滇中名山，岗峦之势，林泉之韵，皆可娱人。而德云禅寺亦为千年古刹，既传承临济脉系，又循流曹洞法乳。印严来寺主持之后，既炙禅风，又亲山水，遂在自己的释名前加上妙峰二字，从此以妙峰印严行世。

妙峰印严出家前，就一直存在着逃避红尘、厌恶功名的天性。出家之后，用他自己的话说，是"投入佛祖怀抱交付身心，做了佛的使者兼仆人。"为了彻底地告别过去，他舍弃了亲人、朋友，甚至心爱的画笔。他只想一心求悟早证佛心。但因缘转折，2001年8月，他又重新拿起了画笔。这乃是因为他感到绘画亦是接引众生归于佛祖的一个方便法门。作用于自己的内心，也产生了非翰墨不足以阐明的灵动，于是再伏于画案。此时,印严已由先前主攻的花鸟画而转以画梵像为主。在精心绘制大量佛祖、菩萨、金刚、高僧等令人崇拜的佛教人物同时，亦凭心臆描摹了不少古之文人学士，神仙逸者。

看印严的这些人物画，可谓各具其心，各肖其形。佛者佛之，逸者逸之。不但得到了书画同道的推崇，亦得到了众多善男信女的宝爱。同道称赞他的作品有浓厚的禅意，是文人画中的逸品。

这里便有了一个有趣的问题需要说明：印严出家之前，师从名家画花鸟，专攻的是没骨牡丹。他从未画过人物，何以穿上僧衣之后重操画笔，竟然无师自通地成了人物画的名家呢？答案只有一个，即矢志禅修带来的智慧的升华，使他越过"学而知之"而进入了"生而知之"的境界。这是佛祖加持的结果。

大约2009年的秋天，妙峰印严在举行了德云禅寺的开光法会后，突然宣布还俗。他放弃了方丈的职位，脱下了袈裟，回到昆明。

关于他的这一决定，我问过他原因，他说：我真不愿意诽谤社会任何一下角落，但面对社会的发展，人性的混乱，道德的衰败，所有的智者都深感忧虑。这些不良的风气，也波及到了寺院。使众多向往心灵修持的善良的人，在这世上越来越难找到清修之地。我十来年的出家生涯，围绕着自修和建立一个清修道场的心愿而行持，身心越来越疲倦。当我接触到一些僧人打着佛的旗号而热衷于世俗事时；看到一些"高僧大德"在误导信众；看到进寺的人越来越多，但大都盲目而迷信；看到各地寺院越修越宏丽辉煌，寺僧却越来越偏离佛陀的戒法和祖师的规纪。我就心痛伤悲。我出家时，恩师本焕老和尚问我为什么出家，我回答说"我此生要证阿罗汉果，明心见性。"我重新还俗不要别的，依然是为了实现这一宏愿。

从印严的表述中，我们可以知道他的还俗不是羡慕俗世的享乐，而是为了追求更高的清静道场。如今，他隐居昆明，依然过着半山半尘的禅修生活，不茹荤腥，不求闻达，不慕功名。此一时惟独与他为伴的，便是手上的这一支画笔了。如果说印严出家前的绘画，是技中求雅；行佛后便成了雅中存禅；再入世后，他的画作中便浮漾着悲天悯人的精神气象了。

收入这本集子里的画作，几乎全部都是妙峰印严隐居昆明时的作品。通过它们，妙峰印严在向我们展示他的心灵，他对佛祖的虔诚，以及他求证过程中的菩提境界。

我总觉得，妙峰印严隐修的生活不会太长。当他有一天突然感悟到绘画不再成为与佛祖对话或者是接引众生的方便法门时，他肯定会再次放下画笔，投身到人迹罕至的丛林或者雪山，开始他生命中又一次证道之旅。如果真的那样，这一批画将成为妙峰印严留给人间的最后的"智慧果"了。

2011年2月20日初稿

2011年3月6日改定

秋天的歌手

说说我的责任编辑

1997年暮秋的一个晚上，我接到了周百义的一个电话，他问我："听说你在写一部关于张居正的长篇历史小说？"我回答"是的"，他接着说："这本书我来给你出，我亲自当你的责任编辑。"可以说，这一通电话是我们的友谊也是愉快合作的开始。

应该说，此前，我与周百义就是朋友了，我们同一年进武汉大学作家班学习。1995年，他接任长江文艺出版社社长时，该社举债1700多万元，正是举步维艰最为困难的时候，用"受命于危难之际"来形容他的就职，一点都不过分。谁知兹后几年，他带领出版社的同仁们二度创业，将该社一步步领出低谷，并一跃成为全国地方文艺出版社的龙头，真的可以说是功劳大大的。而他自己，因为独具慧眼拿到了二月河的《雍正皇帝》，并担任责任编辑，也令同行刮目相看。

相比于他，我那些年的运气没有他好。上世纪90年代初，我就离开了文坛下海经商。虽然小有斩获，然从来都没有想过在商海终老其身。看到我有奔驰车坐了，别人称我为"儒商"，我自己则称为"商儒"，并解释说，儒商是把学来的本事用于赚钱，商儒却是把赚来的钱用于研究学问，二者虽不是势同水火，却也大相径庭。我的人生的理想还是落脚在文学上。因此，在周百义那次给我打电话的时候，我已决心告别商海回到文坛了。虽然在那以后的日子里，我并没有完全告别商海，但大部分精力，却都花在了创作上。

关于《张居正》的创作经过，我已在多篇文章中讲过，不用赘述于此。这里，我想谈谈在这本书的出版过程中，与周百义合作的二三事。

我在进入《张居正》的创作时，几乎是一个已被文坛遗忘的人。我同过去的许许多多的文友断绝了联系，只同极少的几位保持交往，散文家徐鲁便是其中的一位。正是他，把我要写《张居正》的消息透露给周百义。当周百义说要给我出书时，他并不知道我会怎么写，也并不知道我这位诗人出身的作家，是否有这个能力写出一部真正像样的历史小说来。但他却如此急迫且干脆地表示要给我出书。记得我当时问他"你这么快表态，凭什么知道我会写成这本书呢？"他回答："凭我对你的了解，以及你的人生经历，相信这本书不会差到哪里去。"

所以说，周百义买的是我这本书的"期货"。此前，我已看过他编辑的《雍正皇帝》，对他的眼光和魄力，丝毫没有怀疑过。一年后，我写出了《张居正》的第一卷《木兰歌》，打电话给周百义，他立即到我家来取走书稿。一个星期后，他来电话说他看过了书稿，觉得"发是可以发，但有些地方还要稍作改动。"不久，他把书稿退给我修改，我细心地看了他的多处眉批。如我写戚继光时，搁下故事的进展而插入对戚继光的出身及名字介绍，他批曰："此种叙述，有伤文气，建议删改。"另我写高拱设计让邵大侠杀两广总督李延，他批曰："不要把高拱写得过于歹毒，建议修改这个情节。"凡此种种，有数十处之多。虽然他很认真，但我从他最初的"发是可以发"的口气中，听出了"这本书一般"的弦外之音。那年春节，我又将此书稿打印三份送给三个不同职业不同文化程度的朋友看，没有一个人下"这本书真好看"的断语。我于是痛下决心，学一次"黛玉焚稿"，把写成的第一卷的书稿全部烧掉，从头再来。当我把这个决定告诉周百义时，他有些惊讶，他说："这样你一年的心血就白费了，要不，你作一次大改动，还是可以发的。"我告诉他我决心已定，一切推倒重来。既然文学是我实现理想的一种方式，我就决不能退而求其次。又一年过去，当我将重新写出的《木兰歌》交到周百义手上时，三天后他就打电话来说："我一口气读完，非常好，只是感觉到你写短了。"其实不短，有37万字呢。在这一稿中，我多处采纳了周百义的建议。

兹后，我以一年一本的速度，于2002年完成四卷本《张居正》，这本书给我带来的种种殊荣，周百义功不可没。

回忆那埋头创作的五年时间里，周百义始终与我保持热线。隔三差五，他就会与我相聚一次，小饮三杯。哪怕没什么事，在一起坐一坐也觉得顺畅。他知道我喜欢喝功夫茶，访问台湾时，专门买来宝岛特产冻顶乌龙送给我；访问美国，又给我买深海鱼油以治疗我的高血脂。古人讲："礼轻情义重"，他这是礼不轻而情更重。当然，我们也有为书稿争得面红耳赤的时候，但争吵归争吵，最终总有一方妥协。若要问我们妥协的方式是什么？从我个人的角度讲，就是找一个小酒店，点几样家常菜喝一杯。只有在那时候，主动权才完全在我手上。因为，周百义虽然充满智慧，却不胜酒力，在那种场合，怎么说，他也是个理屈的人。

2006年1月15日匆草

把烦恼还给历史

前几天，樊良树通过电邮给我发来了他的谈谢灵运山水诗的近作《自然本美，诗人何伤》，暇中读来，很是喜欢这位年轻博士的清新文笔以及略含古拙的思辨意趣。

谢灵运作为中国山水诗的开山之祖，对后代山水诗人的影响不容置疑。但涉猎这段历史就不难看出，谢灵运喜欢山水实乃出于无奈。在他活着的那个时代，类似"大隐于官场，小隐于山林"，"不得志而逃于禅"这样的观点，尚未影响文人的进退观。受陶渊明的影响，人们把山林视为大隐之地。隐本来就有两种，一是天生就排斥官场，如在桐庐富春江畔高筑钓台的严子陵；另一种就是官场的失意者，谢灵运可谓这方面的代表。那时候，很符合中国士人精神生活的"禅"尚未出现，所以，不得志而逃于山林，便成了失意士人的普遍选择。樊文引用白居易《读谢灵运诗》来阐发这一观点，乃是理解谢灵运山水诗的关键。"通乃朝廷来，穷即江湖去，壮志郁不用，须有所泻出。"白居易既是大诗人，又是老官场，两方面的经验，足以保证他对谢灵运山水诗的理解，不会出现谬误。士人通在朝廷，穷在江湖。唐朝之后的文人，因为有"禅"的滋养，处穷通之间，尚不致因巨大的落差而心情郁滞。王维的诗句"君问穷通理，渔歌入浦深"，较准确地道出了唐人的心境。但置身刘宋朝代的谢灵运，却不能如此旷逸，不假外求，单凭心灵的伟力就能抚平精神的创伤。他只能通过"白云抱幽石"的自然景色，来慰藉受辱的心灵。白居易用一个"泻"字来勾勒谢灵运山水诗的创作动机，可谓点睛之笔。

气虚需补，气滞就得泻了。出身名门的谢灵运，先是被宋武帝从公爵降为侯，继之又被少帝以非毁朝政之名逐出京师流放外地。接连的打击，使这位恃才傲物的侯爷心灰意冷，他只能把与生俱来的政治热情转化为登山临水的咏叹。从此，中国历史中，便少了一顶乌纱帽而多了一顶诗人的桂冠。

樊良树把谢灵运对山水的眷念，称之为"寸步不失的空间体验"，这句话虽不是最好的定义，但仍然道出了谢灵运山水诗的基本特征。其中，他对谢灵运诗词的剖析，颇有新意。他说："守"、"倚"、"偃"等动词将诗人同"沧海"、"茂松"、"东扉"等物交相依恋的柔情依依勾勒得一览无余，诗人之意不仅止于自然本身，而是要于此取得精神之止泊安顿。人与自然为彼此确认、相互依恋之关系。诗人有意于此，为自己营造一处同仕途尘世相对的安顿生命之所在。相较唐人王之涣、李白、杜甫以及与谢灵运同时代的鲍照等人的山水诗，我们绝少看到谢灵运山水诗出现"登"、"跃"、"穷"等充满张力与大幅度空间感的动词。诗人借助这些洋溢依恋甚至不乏柔婉女性意味的动词，为自己营卫出裕如自在的生命空间。

这段文字让我们理解到，悠游山水的谢灵运，既不是"吾养吾浩然之气"的壮士，也不是"路漫漫其修远兮，吾将上下而求索"的烈士，他早已蜕变为清晖娱人，鱼鸟相亲的闲士。所以，他回避那些生机勃勃、心雄万夫的词汇，而亲近那些阴柔的、随意的动词，以此来表达他的"相濡以沫，不如相忘于江湖"的庄老心境。如此一"泻"，他心中的窒碍消除了。他把烦恼还给了历史，而把快乐留给了自己。这是一种心灵的自救，后世文人多有仿效。十几年前，我游武当山值雨，写过一首七律，最后两句"闲士名山谋一醉，半瓢秋色半瓢春"，道出的，是与谢灵运同样的心态。

2006年1月13日上午

世旭其人

我与世旭兄自1985年相识，20多年过去了，我们的友谊一直保持着，不但知己，而且知心。

我与世旭兄都是武汉大学首届作家班的学员。此前，他因短篇小说《小镇上的将军》的发表而名噪天下。70年代末至80年代中期，那段时间是中国文学的盛宴，所有引起轰动的文学作品，其作者都是社会追捧的公众人物。我们作家班的二十位学员，大部分都是这一类作家。所以，入学之后，作家班成为校园内一道亮丽的风景，我们的很多同学都享受着众星捧月的快感。但世旭兄是一个例外，他言语不多，同学们在一起，他总是选择某一个角落静静地坐着。他永远都是旁观者，而很少成为快乐的参与者。换句话说，他很少"膨胀"，而总是在压缩自己。我几乎从一开始就发现了他的这个特点，并暗自欣赏。

作家班的生活，绚丽而浮躁。我的亲爱的同学们从四面八方走到一起，而更多的编辑与记者们也从全国各地纷至沓来，或约稿、或交友、或邀请参加笔会。这样一来，作家同学们每日处在不尽的酬酢之中，说是来进修学习，我们竟无法在校园内安置一张平静的书桌。应该说，这种生活虽然令人疲惫，但也让人兴奋，它可以满足一个人的虚荣。不要说别人，连我自己对这样的生活都充满了热情。尽管后来感到厌倦，但最初却是沉迷。然而世旭兄却不是这样，他几乎从一开始就回避这种生活。他也不干涉别人，只是自己老老实实做一个"好学生"。在作家班中，他是听讲最认真的一个，无论是选修课还是必修课，他一堂也不拉下。中文系有一位老教授罗立乾先生，为我们班讲授《庄子》，世旭生性淡泊，因此对庄子的哲学心仪已久,每次轮到罗老师上课,他早早儿就来到教室等候。罗老师乡音较重,学生们听不懂时,难免交头接耳,世旭兄每以为苦。所以,每当罗老师讲完课,他就赶过去找罗老师要讲义,对自己抄听的笔记。凡是没听懂的地方,都一字一句地补上。罗老师大为感动,因此每逢上课有学生听讲不认真时,他便大声说道:"大作家陈世旭听我的课都非常认真,你们怎么能这样!"

世旭兄在作家班中,算不上活跃,但却绝对讲诚信。那时我们都年轻,经常参加各种各样的饭局。我们班上的酒中豪杰不少,最厉害的有五位,被称为五虎。世旭兄是五虎之一。他是那种深藏不露的酒场杀手,不摆谱、不乍呼,但可以面带微笑推杯把盏与你坚持到最后。在我的印象里,世旭是惟独没有醉过的一只"虎",而且从不耍赖,每次都把酒送进肚里,是个绝对的诚信君子。

两年的同学生活,使我与世旭的交往多了起来。其实,作家班同学间的友谊都很好,但因我与世旭,还有湖南的水运宪三人分别住在湘、鄂、赣三者的省会城市,来往起来便利一些,故在离开武汉大学的这二十年里,我们一直保持着友谊。

离开武汉大学后,世旭的生活发生了很大的变化,他不但当上了江西省文联主席,同时还兼任作协主席。两主席兼于一身,全国只有张贤亮、张笑天与他三人。但他并不"一阔脸就变",他仍保持着低调做人的风格,处处表现出的仍然是作家而非"正厅级领导"的心态。比如说他的住房,全国的省级文联主席,大概没有比他住得更为狭窄的了,但他安之若素。我还听说他一连当了三届全国人大代表。可是,他年年参加两会,却从未讲过一句话。这种"忍"功令我吃惊,于是问他为何会这样,他说:"参政议政,只能说自己熟悉的。凡是我不熟悉的,我绝不会开口,人代会又没有讨论文艺问题,所以轮不到我说话。"

世旭兄就是这样一种人，他永远清楚自己该做什么和不该做什么。论年纪，他比我还大了几岁，是兄长。可是，近几年来，在别人眼中，他却显得比我年轻。这大概得益于他的从容淡定的心态以及无欲则刚的品质。记得五年前，我的《张居正》第一卷出版后，寄了一本给他。他看过之后，立即给我打电话，说这是他看到的近年来最好的小说，希望我坚持这样写下去，一定会取得成功。此后，他总是给我以鼓励。当《张居正》获得第六届茅盾文学奖的消息公布后，我立即想到他，而他也及时打来电话，表示祝贺。

我与世旭兄的友谊，除了文学之外，还有书法。他对书法的爱好，大约是在上世纪90年代中期开始的。十几年来，书法成了他陶冶性情的主要方式，尽管他做人方正、平实，但其书法追求的却是狂放与飘逸。第一次看到他的书法作品时，我就奇怪，不是说字如其人吗？怎么这位老兄的笔意与他做人的性格有这么大的差异呢？转而一想，还是字如其人。因为他的书法对应的不是他外表的沉静，而是风雷激荡的内心。

近几年来，在各种不同的笔会上，我与世旭兄每年都有几次相见。执事者与文友向他求字，他一般都有求必应。有人认为他的字可以卖钱，可以收润笔费，他自己却说："书法是我业余的爱好，并非谋生的手段。"作为名作家，在唯利是图的当今之世，能说出这句话来，实在是难得的境界。

2006年4月20日 于上海

一条路与一个人

作为武汉大学首届作家班的学生，离开那珞珈山下的可爱校园，不知不觉，二十年时间已经过去。这是整整一代人的时间。记忆中的校园生活，虽然有的仍栩栩如生活在脑子里，但大部分都已模糊。如果说有什么最值得我怀念的，大约只有一条路和一个人了。

一条路是校园里的樱花大道。

一个人便是当时的校长刘道玉。

每每听人夸赞，武汉大学是中国最美丽的校园。珞珈山翁郁的林木，东湖里的粼粼波光，都是这所百年名校自家庭院中的风景。山环水绕，水碧山青，山中鸟语如珠，水中鸥影似梦。在这般景色中念书，实乃是三生修来的福气。

然而武大校园的最美之处，仍要算与珞珈山隔垅相望的樱花大道。大道在半山腰上，一侧为下坡，满眼的森森古树；一侧为上坡，坡上是百年前的古建筑，一长溜三层的石头房子。我们住校时，那些房子是女生宿舍。每当潇潇春雨，道上的樱花次第开放，这樱花不是可结红红果实的中国樱，而是日本的那种只会开花不会怀孕的嘉木。暖风穿过雨的缝隙走过这条道上，樱树怀春的幽梦就醒了。在你不经意时，它的枝头就菁葵出几片花瓣。要不了几天，这道上枝叶交错，全敷了濛濛的一白，如月、如乳、如灿灿的晶片在诗中，如簇簇的蝴蝶在梦里。此时若在黄昏，从树下经过，偶尔抬头，看到花树之上的窗户里，正好有一位女生探出白皙的脸庞，与她的眼光倏然相碰，她报以莞尔。这时，你才确切地领会毛泽东的诗句"俏也不争春，只把春来报"的种种妙处。

80年代中期的武汉大学，在高校教育的改革上，做出了几件敢为天下先的事，如"学分制"，学生自由选系、插班生制度等等。都是因材施教、惠及学人的善举。推行这些改革，刘校长功不可没。作家班正是插班生制度实行的产物。没有作家班，我不可能成为武大的学生。不是武大的学生，我虽然也可以去珞珈山畔看樱花，但仅仅只是一个游人而已。

记得第一次领到武汉大学的校徽时，我真是百感交集。皆因在过往求学历程中，我三考武大皆不获选。第一次是1974年，当时非考而让基层推荐，我下乡所在公社，推荐我上武大中文系，填表政审均通过，最后还是被刷下，原因是县上一位领导的儿子看中这个名额。第二次是1977年恢复高考，我报考志愿，本可填三个学校，但我第一志愿是武大中文系，第二志愿仍是，第三志愿还是。期以为志在必得，谁知误听流言而数学缺考。虽然语文成绩全县第一，终因交了一门白卷而名落孙山。第二年，我准备再考，谁知临近考试，我因急性阑尾穿孔入院治疗，一位工农兵学员为我开刀，他把我当成试验品，小手术弄成大手术。一个月后我出院，考期已过。于是者三，命运好像故意捉弄我，让我总不得跨进武汉大学的门槛。

兹后，我于1982年成为湖北作家协会的专业作家。1985年，刘校长决定在全国中青年作家中遴选人员试办首届作家班，我有幸符合条件而入选。就这样，我不但了却了多年的夙愿，更在刘校长"创新改变命运"的理念中，增强了开拓理想的信心。

去年9月份，刘校长的自传《一个大学校长的自白》出版。我应邀前往北京参加首发式，躬逢其盛后，在归汉的火车上，看了他的自白，许多校园往事便涌到心头。现在看来，刘校长在武大执政期间推行的种种改革，无疑都是正确的，并经得起时间的检验。辗

转之间,夜不能寐,于是哼了两首七绝:

  一自先生离职后,胸中扫尽是风烟。
  梅花未老群芳妒,云水苍茫十七年。

  漫言暮雪掩乡关,风雨鸡鸣兴未阑。
  岁岁重阳公又至,还将热血化春蚕。

  过了耳顺之年的刘校长,该到了重阳赏菊的时候了,但他的精神气儿,仍如当年当校长时那般旺盛、那般睿智。因此每次见到他,我都会产生于濛濛春雨中穿过簇簇樱花的感觉。

2006年9月1日草于南昌

乡愁是一次匆匆的登临

昨日,南昌的秋老虎肆虐,据说为百年之最。我们几位作家受南昌市政府邀请,前来参加首届滕王阁世界华人作家笔会,尽管阳光照在身上如油泼,但这并不减我们一行在滕王阁上凭栏远眺的雅兴。我们一行中年龄最大的是余光中先生,在六层的回廊上,他面对滔滔赣江,感慨系之,言道:"一千三百年前的王勃,在这座楼上,为南昌的文苑风流,写下了第一笔,只可惜我此时置身于此,却看不到秋水长天的景色。"

的确,《滕王阁序》可称为千古妙文,其中"落霞与孤鹜齐飞,秋水共长天一色"两句,更是脍炙人口的绝唱。如今阁内二楼大厅里,还悬挂着毛泽东亲笔书写的这两句,笔走龙蛇,是阁内最为大气磅礴的楹联。没有滕王阁,就没有《滕王阁序》;没有以上这两句,《滕王阁序》也就没有了灵魂。大凡写文章的,决不可找不到诗眼,或者妙句。没有它,就等于没有灵魂;没有灵魂,岂不是行尸走肉?

我理解余先生此番登滕王阁的心情,就是想通过槛外的秋水长天,来与王勃的灵魂契合。所谓思接千载,就是灵魂间的超越时空的相吸、相悦与相思。登楼之前,应主办者的邀请,余先生与南昌的少儿们一块朗诵了他的诗歌名篇《乡愁》。这首诗的朗诵,我听过多回,但听作者自己朗诵却是第一次。余先生略带南国乡音的国语,读起来更平添了乡愁的韵味。我的太太一旁听了,眼角溢出了泪花。这首诗非常浅显,几乎可以当做儿歌,但它感情的容量却是巨大的,我、新娘、母亲、大陆四个意象,层层推进,把一个人的漂泊生涯写得淋漓尽致。通过个人的乡愁可以感悟家国的沧桑。余先生的这首诗,几乎可以肯定地说,它会是中国诗史里不朽的名篇。

现在,与余先生一起站在这座滕王阁上,听他的惆怅,我便仿他的乡愁,对他笑道:"余先生,乡愁是一次匆匆的登临,我在这头,王勃在那头。"余先生听了,先是一笑,继而略作沉思地点点头,回答说:"王勃言'关山难越,谁悲失路之人;萍水相逢,尽是他乡之客',这是初唐的乡愁。如今你我,以及这满楼的游子,尽管是他乡之客,但却不会是失路之人。"听其语意,可以揣度余先生要"翻新杨柳枝"了。可以期待,他将会为南昌的风流写下精彩的第二笔了。

2006年9月3日匆草

此情可待成追忆

读好文章是一种享受,读朋友的好文章,除了享受,还是一种福气。

春节期间,阴雨天多,不宜外出。在书房写作之余,读为民兄的散文,就觉得这些文字可以佐酒。

为民兄是典型的西北汉子,单看个头儿,就属于那种"一拳头能打死一头牛"的人物。文如其人,他的散文不似江南文人那么优雅、闲适,与陕北的"信天游",倒是庶几近之,高亢,略带一点苍凉。

我读到的为民兄的散文,大致可分三类:以《在安康和汉水上游》《在城市之间穿行》《寻找瓦尔登湖》《仁义村》为代表的,为第一类;以《刀疤》《戏痴》《1975年的琴声》为代表的,是第二类;以《人民》《皮肉更深刻》《四路公共汽车》《四菜一汤》为代表的,是第三类。

第一类作品充满理性,表达现代人的尴尬和两难。在《安康和汉水上游》中,他感叹"城市的水泥钢筋淹没人们最初对水、土地和山林的敬畏之感"。他的这种感觉,使他进一步认识到"我们有可能在安康和汉水上游的大自然中进入一种精神的纯然状态,把心灵在自然的嘱托中形成的东西变成智慧,那是静的智慧,是大的智慧,也是人和自然的智慧"。可见,为民兄是剽悍其表,沉静其心;换句话说,是现代其表,古典其心。这么多年来,为民兄游历过很多地方,其游历的目的,也是想找回迷失在记忆深处的故乡,为民兄的游历,反映了他的作为现代人的难以排遣的忧患:既要融入物欲横流的城市生活,又要找寻精神的故乡。所以,在他的这一类的表达人与自然、人与环境的散文里，你总能感觉到他的字里行间，常常是借助自然来进行心灵的思考。由于他有着强烈的逃脱现实生活的表达意愿，所以，他的《在安康和汉水上游》这样一篇文章，如其说是一篇独立的散文，倒更像是类似于《瓦尔登湖》这样一部书的序言。关于《瓦尔登湖》，这是现代版的而且是美国式的《桃花源记》。所不同的是，陶渊明是在虚构他的理想，而美国人亨利·梭罗却是实实在在地找到了这么一个湖，来实现他的居住愿望。早在1985年，徐迟先生在翻译这部奇书时，我作为他的学生，就已经陶醉在瓦尔登湖畔的森林木屋里。那时的中国读书人，对梭罗似乎并不太在意。但我毫不怀疑，为民兄是把《瓦尔登湖》作为他抗拒物欲化生活的利器。他甚至说出了"瓦尔登湖是一座圣殿"这样的话，这不是诗人的夸大其词，而是表达了一种对智者的谦恭，对自然的钟情。

如果说为民兄写第一类散文时，还有一点士大夫的味道，很庄严地思考着生命的意义，生活的意义。那么他写第二类散文时，则表现了他的小说家的机智。

这一类散文，描写的对象都是他过往生活中遇到的一些人物，无论是《刀疤》中的妖怪，还是《戏痴》中的牛蛋他爸；是《难忘的左手》中的小毛，还是《1975年的琴声》中的贾客，我们都能看到在畸形的年代里，一些小人物的颇具象征意义的生活：既陌生，又亲近；既荒诞，又真实。这一类散文的代表作，应该还是《1975年的琴声》。在国人的记忆中，1975年是一个人妖颠倒的年代，是大部分中国人都相信"高贵者最愚蠢、卑贱者最聪明"的年代。斯时，尚在少年的为民兄，虽然是穷居陋巷的卑贱者，却非常地景仰儒雅和高贵。因此，他把骑着一辆破自行车夹着一只小提琴盒子的"贾客"，当做偶像来崇拜。其虔诚与执着，不亚于"粉丝"们追捧超女。正是这位贾客,让他寒窗苦读考取了大学,高考之后,他才意外得知,贾客的小提琴盒子里根本没有小提琴。令人心荡神驰的美妙琴声,只不过是少年为民的幻想而已。这是一篇"黑色幽默",别出心裁的结尾,使"1975年的琴声"成为一种象征。

这一类散文中的那些个小人物,虽不像贾克那样具有隐喻的意义,但仍然个个鲜活,许多会被人忽略的细节,恰恰构成了这些小人物的血肉——这不应该是散文家,而是小说家的功夫。事实上,这一类散文亦可当做小说来读,不仅仅有人物,还有语言。同第一类散文相比,第二类散文中的语言更具生活化、口语化,它描摹的不仅仅是风情,更是风俗。

为民兄的第三类散文,是构筑在亲情与乡情上的怀旧。在这一类的散文中,我们读到了为民兄内心的忧伤与惆怅。他怀念他的童年,是"电影像糖一样的年代",他怀念"城墙上的风",并肯定他的性格中"有风留下的印痕,有风播撒的东西",谈到服饰的时候,他说:"绿色在那个年代独占鳌头,不仅适于丛林野外隐蔽,也便于黑夜的躲藏,更重要的是住在衣服里边,会更安全,性别从此也就销声匿迹。"在这些篇章里,最令我感动的是《四路公共汽车》,他由这趟车想到死去的母亲,最深刻的悼念隐藏在最朴素的叙述中。

由此道来,我们又可以看出为民兄除了思辨、调侃之外,更有一种深沉。怀旧本是中年人的通病。唐诗人李商隐说"此情可待成追忆,只是当时已惘然",便已道尽了追忆的空荡。为民兄在《在记忆中消逝》一文中,也表现出这种无奈:"记忆是词在时空之中建制起的迷宫,它保留了业已消逝的某些东西的碎片和痕迹。"但他不肯认输,他固执地宣称:"如果我们不在追忆中进行更为深刻的探寻,我们将无法回到生命的根基处,我们将永无宁日。"于此可见，为民兄那种西北汉子的狠劲儿又出来了，他不相信时间可以打败所有的对手。他要与时间博弈。

2006年2月14日

掰包米的文人

我看鹤坪，是一个非常不安分、却又很守己的人。

说他不安分，是他有天生的好奇心。凡他接触过的事物，只要他愿意，他一定要去试一试。比如说当骚客，他不但舞文，而且弄墨。舞文舞成作家，而且成绩不俗。小说、散文出了好几本，且都是写西安的风情与历史。本本翻来，都大有可读之处。弄墨弄成了画……且慢，他弄成了画家吗？某次，他到我的江城的书斋，一时技痒，操起案上羊毫开始在宣纸上涂抹，几笔下来，线条中见出灵气，但色块块上不见功夫。心下便存疑，羊毫在他手上，怎么就不是彩笔呢？后来收到几本西安朋友寄赠的书画集，摆在一起，才看出点消息儿。原来该处的画风，都躲着雅，专往俗上靠。西安这市里头，尽管有很多水灵灵的美女，但却不追求甜腻腻的绘画。精于绘事者，以涩墨为尚。偏那些美女，见了这等画作，一个个还"巧笑倩兮、美目盼兮"，奇就奇在这儿。

鹤坪是个老西安，知道"涩"字在彼处的地位。因此，抡起羊毫来，就术而不美。这和美而不术是两回事。但能否殊途同归呢，我虽然存疑，但鹤坪心中肯定有谱。

除了舞文弄墨，鹤坪还当了很多年的书商，一直在长江流域开展他的商业。书商这个行当，难处在文人窝里讨饭吃，妙处在于把铜臭与书香融为一体。数年之后，鹤坪终于悟出他不宜于居住在两江汇流的地方，其因是在该处容易产生婚变。年轻时可当浪子，中年而后还是学呆头鹤缩在一处为宜。于是在豪饮了多年之后，在激昂了多年之后，鹤坪又回到西安。朋友们看他不再派发书商的名片，以为他"立地成佛"了。殊不知他又开起了画廊，并爱上了石雕。凡跟艺术沾点气儿的事，你不让他弄，他恐怕会憋出病来。

所以说，鹤坪不安分。但为什么说他是个守己的人呢？

大凡守己的人，一定心存敬畏，一定有所为有所不为。这两点，鹤坪身上都有。

西安城中，作家、画家、书家为数不少，且龙腾虎跃，个个都有气象。鹤坪仰望并亲近着他们，把他们当圣贤。他有着"抛却自家无尽藏，沿街托钵效贫儿"的心态，把这些圣贤请到他心里头住下来，他常常忘了财神爷姓什么，却总记得艺术之神是位女性。

鹤坪尽管爱好很多，经历也很多，但他的人生的下力处仍在文学。他知道西安是个聚宝盆，他的理想是制一把文学的勺子，在那聚宝盆里舀出些宝贝来。这么多年，他一直这么坚持着，这就证明他有定力。有人笑他猴子掰包米，掰一个扔一个。我说你们误解了鹤坪，他掰包米，烂的都扔掉，没烂的，都夹在胳肢窝里了。

2006年8月30日匆草

我笔写我心

熊宗荣先生虽然从政多年,但仍保持了一脸书卷气。工作之余惟一的爱好就是写作。他已出版了好几本书。人称"作家主席"。最近,他将数年来游历山水的五十四篇散文编成一本书,名曰《日照金瓯》,准备奉献给读者。

我历来认为,业余作者比起专业作家来,其作品更贴近生活,贴近现实,因此也就具有更大的优势。中国古代,几乎没有专业作家。今天我们所能读到的那么多的名篇,无论是诗歌、散文、还是戏剧,大多由业余作者完成。说穿了,古代就没有专业作家。从屈原、宋玉开始,一直到晚清的龚自珍、黄遵宪等,几乎全部是做官的出身。唐宋八大家的散文,是中国文学的瑰宝,这八大家都是高官。从他们的作品可以看出一个特点,即他们文集中精华的部分,都是在仕途失意时写出来的。如苏东坡的前后两篇《赤壁赋》,便是他被贬为黄州团练副使时的作品;柳宗元最好的《永州八记》,亦是在被逐出京城之后,在贬谪地完成的杰作。杜甫说"文章憎命达",便是总结出了这个规律。但是,也有例外。如白居易,一生少有命运蹭蹬的时候,却也写出了许多优秀的诗篇,典型的官运文运俱佳。尤其难得的是,他一面过着锦衣玉食的士大夫生活,一面写出"新丰折臂翁"这样悲天悯人的传世之作。2002年,我访问印度,在加尔哥达,参观了泰戈尔位于市中心的故居。这所宅院花木扶疏,非常奢华。但是,依着二楼的栏杆,我们就可以看到街上的蓬头垢面的乞丐。相信早了七十年的泰戈尔,看到的乞丐绝不比我现在看到的少,可是,这并不妨碍他在那所房子里写出《吉檀迦利》这样的不朽作品。我当时就产生了这样一个想法:一个富有而又优雅的人同情穷人与弱者，往往会获得社会的更大的尊敬和爱戴。国外是这样，国内也是这样。这就是白居易、柳宗元、苏东坡等文豪们的声誉历千年而不衰的原因之一。

如果把官员出身的作家撇开不谈，一部《中国古代文学史》则立刻变成了空壳儿。但是，从上世纪开始，这情形有了改变。由于报刊的发明，造就了一批专靠文字吃饭的编辑、记者，当然也包括作家。解放后，更是出现了一大批由国家包养的专业作家。在改革开放之前，专业作家属于特权阶层，每到一处，更是受到众星捧月的欢迎。近二十年，随着国家兴奋点的转移，文学被边缘化了，本属于社会宠儿的专业作家，受到了空前的冷落。但是，即便是冷落，专业作家仍然过着衣食无忧的生活。

毋庸讳言，我们的文学在新形势下正面临艰难的抉择，试图找到新的生存空间。现在我们欣慰地看到，一些新的积极的因素正在出现。这就是我们的文学队伍不是在萎缩，而是在扩大。譬如说年轻的如郭敬明、韩寒这样的校园作家；像痞子蔡、慕容雪村这样的网络作家，正在给中国的文学增添新的亮点。当然，还有不少的像熊宗荣这样的官员，从政之余，以极大的热情、磨砺自己的彩笔。由于他们的出现，文学更回归到它的正常状态：既是自发的，又是魅力四射的；既是大众的，又是凸显个性的。

从这一点看，熊宗荣的《日照金瓯》的出版，便有着特殊的意义。熊先生的文笔朴实，他以最平淡的语言道出自己最真挚的感受。故弄玄虚的文坛流弊没有影响到他，因而他能真正地做到"我笔写我心"。他真实地记录了自己生命的历程，因而也记录了时代。

2007年2月12日夜

淘宝者的惊喜

近年来，写作游记的人渐渐多了起来，这是因为旅游已成为国人享受生活的一种方式。每到一处，或陶醉于山水，或钟情于风物，感慨系之，发乎为文，便是游记了。

作为散文家族中的一支，游记的繁衍盛衰互见。晚明的散文大家如"公安三袁"、张岱等，皆是游记写作的高手。更有徐霞客这样的人，一辈子矢志旅行，他的游记，更是独树一帜。上世纪的散文家中，郁达夫、朱自清、刘白羽、秦牧、杨朔等，均有游记名篇行世。现在读《桨声灯影中的秦淮河》《钓台的春昼》《长江三日》等名篇，仍让人身临其境，耽美至深，产生阅读的快感。

细究起来，往常出游记大家的时代，恰恰是大部分国人画地为牢坐井观天的时代。旅游对普通百姓来讲，是可望而不可即的奢侈。他们通过作家的游记来神游异域，兴会奇珍，实乃是为了满足究极八荒的探奇之心。

但现在的情况有所不同，生活的富裕，旅行条件的改善，使国人的空间感大大拓展。同一个腊月，一个人可以今天在云南看金灿灿的油菜花，明天又在哈尔滨看晶莹剔透的冰雕。更多的人都有机会体验迥然相异的风景，感悟千差万别的山水。因此游记的写作也兴旺了起来。客观地讲，数量不少的游记都如同"到此一游"的照片，不但千篇一律，而且比景点的介绍文字还要乏味。此情之下，使得一些文学期刊的主编叫苦不迭，不得不在约稿信中专门注明"本刊谢绝游记"。

本人也有写游记的嗜好，碰到此等主编，便笑着说："似你这样编刊物，徐霞客、朱自清辈，岂不永无出头之日了？"主编苦笑回答:"你不知道,许多作者,包括名家,写出来的游记,类似于领导的年终工作总结,读来让人受罪。"

主编这么一说,我倒同情起他来。但是,让人受罪的文章,未必全在游记里头。诗歌、随笔、小说里头,不也同样存在吗?即便时下游记的确有过滥的倾向,但只要有耐心,仍会读到令人眼热的佳作。这好比在赝品成堆的古玩市场,淘出令人眼热的珍品。眼下,我读到黄立新先生的《大漠无痕》,便是属于能够给淘宝者一个惊喜的游记专集了。

作为一个生命长途中的旅游者,黄立新先生载欣载奔,他在《大漠无痕》中写道:"在一个季节外的日子启程,特别的心情被特别的天气衬托着。扇扇心门轻开,一律朝向千里关山外的一声轻唤。"

于此可见,黄先生特别看重神与物游,属于"我见青山多妩媚,料青山,见我亦如是"一类的山水知音。自古至今,不少人都喜欢徜徉于山光水色之中,但其爱美景,如同爱美色一样,都只是为了获取自家感官的享受。黄先生的可贵之处,不是把山水当成销魂的尤物,而是作为可托平生的挚友。因此,他的游记中,总能在大家司空见惯的景物内,找到一些独特的视觉,给赋以精神,启人以遐思。如宏村的美人靠、羑里城中的演易台、狮城的胡姬花等等,皆有见微知著、揽物通灵的特点。在敦煌的莫高窟,面对众多优美传神的佛像,他说:"面对一种显赫的威严,面对一种盛容与败相,我更愿意在避其定势中去寻找一直雪藏于思念和企盼间的女神。"在三苏祠,他揣度苏东坡"想他也研佛入禅但不痴迷,只为心境服务;也入俗随尘但保持了精神的超然;也入情但情有所寄不受羁绊;也入政但能为民做事且知难而退。"由此可见,黄先生心仪的,是那种超凡脱俗、鲜活洒脱的个体。读他的文章可以感悟:

最佳的山水与最佳的人物有其共同的特点,即灵性充沛、清气爽然。

一个人的心灵与视野决定他的才情,而才情则直接影响文章的优劣。这好比女人,有的是"清水出芙蓉,天然去雕饰";有的则是靠后天的培养才出落得仪态万方,魅力四射。黄先生的游记,当属于前者。是属于那种可以打动读者心灵的笔墨。

2007年2月12日

从来兴废铸鸿篇

读一首好诗是享受,眼下就有这么一首诗:

名楼劫后今重建,诵序登临忆子安。
不见落霞伴孤鹜,依然秋水共长天。
西山霁色虹未尽,南浦渔歌唱正酣。
千古华章谁续得,从来兴废铸鸿篇!

这首名为《重建滕王阁赋》的七律,是邵秉仁先生的力作。读这样的诗,真是值得浮一大白!

诗人自古就有两种。一种吟风弄月,倚红偎翠,极尽优雅,可称为闲情诗人。此种诗人多愁善感,万千心事"才下眉头,又上心头",性情虽然率真,韵语亦属珠玑,但"忍把浮名,换了浅斟低唱",心里头的那些事儿,都是无关社稷民生的牢骚;还有一种诗人,抚今思昔,剑气箫声。七尺皮囊,盛着的全是忧患。此种诗人侠气横溢,常怀有"把栏杆拍遍,无人会,登临意"的苍凉。他们无论是在江湖还是在庙堂,是登临还是思考,都会让歌吟产生敲金戛玉,旋转风涛的力量。

很显然,邵先生属于后一种诗人,诗不仅仅是他的爱好,还成为他思想的工具。除了《重建滕王阁赋》,在他的诗集中,我们会经常看到这样璀璨的诗句:

秦灭何须匕首现,仁义亡施自丧钟。
——《易水有感》

风云纵使淘千载，不没顶天立地身。
——《纪念改革开放二十周年赠友人》

国破怎堪依故垒，人贤何必设雄关。
——《登长城沉思》

读这样的诗句，如临金戈铁马，如沐天风海雨，让人的胸怀，顿时肃穆起来。

近些年来，改革给中华民族带来一个丰裕的时代，社会进步让国民享受到前所未有的福祉。但是，也应该看到，物欲横流导致了人心的日益浮躁。这种躁气与我们追求的侠气相去甚远。躁气为利益所驱动，纸醉金迷，夜夜笙歌的生活，导致人们思考的功能钝化；那种"先天下之忧而忧，后天下之乐而乐"的侠气，离我们的生活越来越远。即便是登临，广阔的视野也无法使他的心灵激动；即便是宴集，除了酬酢，又哪里会有"醉里挑灯看剑"的豪迈呢？

邵先生的诗，近侠而拒躁。诗句不慕典雅，但求厚重；不思绮丽，但求粗粝。虽无唐诗的奇思逸想，但却是深谙宋词虬枝盘空的神韵。除了吊古抒怀，他的另一类记游诗，也大可玩味，试摘几联：

游人疑似蓬莱客，未到瑶池已做仙。
——《九寨沟神仙池》

淘尽尘寰忧乐事，闲云自在胜沙鸥。
——《游镜泊湖》

若许隐居学陶令，何必采菊武陵原。
——《游碧峰峡》

从这些诗句中可以看出，邵先生的侠气中，还含蕴了几分道骨。他虽然也曾身居要职，但绝没有媚俗的倾向。即便倾吐超然物外的渴望，也绝不似明人小品中那种貌似闲云野鹤实则逃避责任的头巾气。

邵先生无意当诗人，只是公务之暇偶尔吟哦，这样反而使他的作品见性见情。诗集中的作品，大部分都是直抒胸臆，让人摸得着他的忧患，看得见他的块垒。这样的诗，便是好诗；这样的写作倾向，尤其值得尊重。

我与邵先生是君子之交，且诗词、书法与高尔夫三大爱好，均相同，因此常常以书会友，以诗会友，以球会友。每次相聚，言谈甚欢。我想，他邀请我为之作序，大概就是出于惺惺相惜的缘故。日前因事来京，邵先生招饮于颐和园近侧的某座会馆，席间听他谈传统文化的种种见解，竟有些不知今夕何夕了，于是胡诌了四句赠他：

长安走马日迟迟，酬酢归来一首诗。
锦州太守何相似，应允唐朝杜牧之。

曾当过黄州太守的杜牧，一辈子都在官场，但这并不妨碍他成为晚唐重要的诗人。邵先生曾当过锦州市委书记，故以太守戏称。他的诗虽没有达到杜牧的成就，但忧患的动力与能力，庶几近之。

2007年6月27日夜 记于武汉

最难是清唱

《清唱》是崔济哲先生的散文集，花了几天时间读完这本书，第一个感觉是：文章千古事，最难是清唱。

何谓清唱，不假弦索，不施粉黛，咿咿呀呀唱去，直抒胸臆，与晋西北牧羊老汉唱的《酸曲》，庶几近之。弄文者引之，便是不假雕琢，不借技巧，正是李白所言"清水出芙蓉，天然去雕饰"。

记者出身的崔先生，对散文的写作，既不敬畏，也不随意。说穿了，他的写作没有功利心，不想通过文章来沽名钓誉。所以，他没有"画眉深浅入时无"的那种小媳妇的扭捏不安，也没有"把栏杆拍遍，无人会，登临意"的那种孤独。写文章又不犯文人的毛病，动笔之前，心中的那一股清气已是可人了，出乎为文，焉能不是清唱？

《清唱》中的34篇散文，无论是对往事的漫忆还是对风俗的感怀；是行走时产生的思索还是因读书而引发的"话说"，都可以从中看出作者真挚的感情和思想的轨迹。在《后记》的结尾，作者如是言之："谨以此书献给我的父亲；献给我的朋友们；献给关心、支持和帮助过我的同志们。"

很平常的话，但却非常准确地表达了崔先生写作的动机。父亲、朋友和同志，都属于亲情与友情的范围。与国家、民族这样一些大概念的词汇不一样，他不会给人心雄万夫、挥斥方遒的感觉。毕竟，清唱不是交响乐，虽激扬文字却不指点江山，虽谈古论今却绝非假语村言。

著名文学评论家吴泰昌在给《清唱》写的序言中，极力赞赏集中系列散文《我的父亲》，认为："作者以大量逼真的生活细节，从众多方面刻画父亲的性格、品德、修养。作者对父亲深深的爱与深深的理解，血肉般地融合在一块，让人读出苦涩，读出沧桑。"我赞同吴先生的评价。真情与实感、苦涩与沧桑，是崔先生散文的基本特色。

由于崔先生的文章是写给亲人、朋友、同志看的，所以他讲述的人间故事与心路历程，便都带有鲜明的个性，题材的选取也不拘一格。在他的文章里，从晋西北农民的不吃鱼到宝爱红枣，从尼罗河上的舞女又言及沧州的狮子，从玛萨达古堡上的深思到史诗般的浩叹，每一篇文章，都有抹不去的作者的生命印记。

在《走向记者之路》文章第二节的最后，崔先生这样写道："只有经历过的，才是可怕的；只有经历过的，才是刻骨难忘的。"说实话，我很怕读这样的句子。只有经历很多苦难的人，才懂得珍惜，才更知道世上最令人刻骨难忘的，便是亲情与友情。在这一点上，我与崔先生的心灵是相通的。

2007年9月4日写于北京

《江汉儿女》序

刘秋生是一个长期在公安部门工作的警官，本职工作之余，爱好文学。多年来笔耕不止且取得成就。他于2004年8月在长江文艺出版社印行的40万字侦破纪实作品集《真相的背后》，曾荣获公安部2005年的《金盾图书奖》，这本书不仅是耐看耐读的文学作品，而且还是刑侦技术的参考教材，被全国千余家公安机关采用，功莫大焉。

尽管公安题材的写作是刘秋生的强项，但他不囿于此。去年，他又构思写作他的第二本纪实文学集《江汉儿女》。

他生活和工作的仙桃市，处在江汉平原的腹心。既是历史文化积淀深厚的古镇，又是风流人物辈出的魅力四射的新型城市。但是，尽管这片土地"数风流人物，还看今朝"，却没有一本全面、系统地介绍仙桃籍海内外精英人士成长、成功经历的专著。当前，人文资源愈来愈受到社会各界重视，人文名片对提升一座城市的形象显得尤为重要。基于此，刘秋生便萌发了写一部真实记录海内外精英人士成长、成功经历的书的念头。

2006年春节，刘秋生拟定了创作计划，并特意制作了精致的《邀请函》，通过组织、人事、教育、科技、体育等部门和社会各界友人，搜寻海内外仙桃籍当代精英人士的信息，并深入到他们的老家采访，征询第一手资料。

这些成功人士大都全身心投入事业中，且多不张扬。刘秋生利用工余时间和节假日，采取写信、打电话、发电子邮件等办法，通过乡情、亲情感染他们，拉近与他们的距离，进而了解他们的工作和生活情况。可以说，刘秋生采写的这一个个杰出人物，都留下了一个个感人至深的故事。这些成功人士终于被他一颗至诚的心、强烈的社会责任感和执著的精神所打动。一位年过七旬的著名学者回信他："你是我家乡很有社会责任感的作家。"一位在国外的科学家称他做的是一件非常有意义的事，为家乡有他这样的作家感到自豪。要知道，能被采访对象理解，对他的写作是多么重要啊！

刘秋生采写的杰出人士中，有当代著名法学家、先后四次为胡锦涛、吴邦国等党和国家领导人作法制讲座的中国人民大学法学院院长王得明教授；有著名歌唱家、《江湖赤卫队》韩英的扮演者、中国音乐学院教授王玉珍女士；有在文坛被誉为中国当代新写实主义代表的著名女作家池莉；有蜚声海内外的著名画家邵声朗教授；有世界著名生物化学家、美国肯塔基大学李国民教授；有获得国家科技进步一等奖的著名计算机科学家阳振坤博士；有世界知名遥感学家顾行发教授；有世界知名空间物理学家邓晓华教授；有连续三次当选中国IT界"十大风云人物"的金山软件公司总裁雷军先生；有威震世界体坛、为共和国体育事业做出重大贡献的体操名将李小双、杨威、郑李辉等奥运冠军。

功夫不负有心人，经过一年八个月的辛勤耕作，刘秋生终于成功地完成了25万字的人物传记作品——《江汉儿女》，在荆楚大地率先为仙桃这座新兴城市打造出了一张熠熠闪光的人文名片！

因为刘秋生热爱自己的家乡，热爱家乡走向世界的这么多的精英人士，所以，他在写作过程中始终有一股不可遏制的激情伴随。我们读这些人物的传记，会被刘秋生的朴素的叙述所打动。我想，他的第一本书成为了刑侦教材，这本书，必定也能成为仙桃市的乡土教材。

期待着刘秋生的再次成功！

2007年11月6日 下午

给心灵放假

没想到这么快就能第二次来到阆中。第一次是今年春上,参加重庆书展签名售书活动后,我慕名来此专访。第二次则是因为大型历史纪录片《风云三国志》的拍摄,我带着摄制组来拍阆中城里的张飞庙。

地与人是一样的,有些地方你去过很多次,但总不能给你留下什么印象,有些地方只需去一次,就会给你留下终生的记忆。阆中便属于后一种。

张飞随刘备入川之后,被派到川北镇守,驻节阆中。直到公元221年被部将范疆、张达所害,他生命中最后的六年,便是在阆中城中度过的。走在阆中古城的石板路上,看到沉沉夜色中的朦胧灯火,我竟不住生出疑问,像张飞这样烈火一般燃烧的人,如何消受阆中的这份优雅与安谧?张飞的横死便是因为他的粗鲁与暴躁,但他的性格显然没有成为阆中的品质。张飞死后,阆中还出过四位状元,二百多名进士。因此可以说,锦心绣口、文采风流才是阆中固有的特性。

第一次来阆中时,认识了几位生于兹长于兹的文化人。其中有一位叫汤勇,乍一听这名字,与张飞的名字一样充满武气,再看他的个头儿,一米八几,粗粗壮壮的,比张翼德或许还要生猛。但开口说话,慢条斯理,又似乎是泡惯了茶馆的闲雅之士了。这次重来阆中,汤先生送给我一部他的新著《每天给心灵放一次假》,单看书名,就引起我的兴趣。是夜,于嘉陵江畔的旅馆里,我随便翻阅,便觉得汤先生的文章写得机智。他选取古今中外许多小故事,来说明给心灵放假的种种好处。读完后,我的感受是,这种文章出自阆中的作者,实乃是乡风滋润的结果。

常言道一方水土养一方人。草原养骏马、天空养雄鹰、江南养美人。这山环水绕的阆中城里，养的便是汤勇这样养心养性的文人了。汤先生并非专业作家，而是公务员的身份。援笔为文乃是他八小时之外的爱好。他说，写一点小文章，亦是给心灵放假的一种方式。

讲求生活质量，现在已是国人的热门话题。大凡某一个话题热了起来，一定是这方面出了问题，需要引起重视了。现代人的生活，若从物质层面来说，比起二十年前，可谓有了质的变化。但其精神生活，则陷入新的困窘。过去的困窘，是由禁锢而产生；现在的困窘，则是因为诱惑太多而产生。一旦社会给人们提供了多种选择，则人们的精神便很难抱元守一了。所谓浮躁，乃是因为心灵中的奢望太多，为满足这些奢望，昼夜胡思乱想，身体像打了激素，老是安静不下来。如此心志迷妄，人的情绪怎能正常，精神如何健康？所以说，一个奢求太多的人，不要说给心灵放假，就算不给心灵额外增加负担，已算是万幸了。

那一夜，小酌两杯之后，汤先生陪我到一家茶馆里坐下，一边品茶，一边品赏川北的皮影戏《张飞审西瓜》。茶馆里落座的人不少，看他们喝着茶、嗑着瓜子，望着皮影的那副陶醉的样子，我不禁感慨，这些茶客，正在给心灵放假啊！

是夜，回到旅店后，汤先生要我给他写字留念，我想了想，诌了四句：

  秋光浓处有轻寒，
  翠满楼头玉满滩。
  若许心灵能放假，
  阆中城里做神仙！

2007年11月1日 薄暮

读《宿命》

　　这是一个浮躁的年代，因此，在这个年代所诞生的许多文学作品也是浮躁的。浮躁是文学的致命伤。而在许多人的观念里，80后这一代的年轻人就是浮躁的代名词。他们叛逆、喧嚣、不甘寂寞，因此，许多人直言不讳地说：80后是垮掉的一代。我当然不同意80后是垮掉的一代这一说法。事实上，没有哪一代人是垮掉的一代，只不过每一代的生活方式以及追求的目标不同而已。但我所疑虑的是，在娱乐时代降临到我们生活的这片大地的时候，在魔幻类小说风靡的今天，到底是年轻作者们抛弃了纯文学，还是纯文学抛弃了他们。

　　正在文坛上围绕80后作家的写作展开讨论并产生激烈争论的时候，我认识了徐光木，他也是一位80后作家，看上去他有些腼腆，尽管镜片后的那一双眼睛，显得少年老成，但笑起来仍觉得朴实，甚至有点稚气。他将他最近写的长篇小说《宿命》拿给我看，初看几页，我立刻被吸引住了，禁不住要一口气读完它。

　　《宿命》这部小说与目前文学网站和市场上的绝大多数小说，尤其是新生代作者们的小说截然不同，它没有追随大流，而是关注改革开放以来的农村，写普通人、述平常事、关注人性。所以，生活在这个年代的人们，特别是有着农村生活背景的年轻人，都能够在这部作品中找到自己的影子，从而激起对乡村生活的美好回忆。取材于现实生活，原汁原味，正是这部作品的成功之处。

　　徐光木不追求年轻人偏好的华丽与怪诞的文风，这部作品写得自然朴实，以一种独特的浪漫主义手法从不同角度进行了多层次的艺术描述，运用朴素而不干涩的文字来解读人性，凸显了改革开放后乡村生活的风韵和乡土人物特有的神韵。我曾说过，中国长篇小说讲故事的功能在退化，冗长的叙述和枯燥的概念正在阉割小说的鲜活与紧凑。但《宿命》却是故事情节跌宕起伏，充满悬念，引人入胜。

但作品的最为引人之处并不在于情节的精巧布局和语言的生动流畅，而在于字里行间所流露出的对于人生、对于生活的认识态度，它通过深邃的生命意识和存在意识的阐述，热情地宣扬了生命形式的奇妙，寄寓着"美"与"爱"的美学理想，因而是一部展现人性纷繁复杂的令人回味的作品。

也正是因为以上几种因素的合力，才使得《宿命》成为受百万读者热捧的网络热门小说，我想，这是情理之中的事情。我注意到，众多媒体也对这部作品给予了极大关注，但媒体的报道仅仅局限于"80后关注农村题材"，"农村题材为何受网友热捧"等方面。我觉得《宿命》值得关注的不仅仅如此。最为关键的是作者用传统的手法，写出了一部纯文学作品，从一定程度上来讲，这部作品昭示出80后新生代作家文学心态的回归，因而对于传统文学的传承大有裨益。

当然，这部小说与优秀文学作品还存在着一些差距，立意虽然不错，但在表达方式上仍显得不够成熟、老练。正因为这样，它才展现出年轻作家文学的原生态。从激情写作过渡到心灵写作，这需要经历长久的人生和风霜的洗礼。徐光木这么年轻，显然还不能心清如水，更不能洞若观火。

2007年11月7日 晨

宜都政务书

一

日前，读到宋文豹先生所著的《建设新宜都的思考与实践》一书的清样。若非同道，读这种书会感到吃力。因为它并非文学，不具备消遣与娱乐的功能。但它却是一本有价值的书。

宋文豹担任宜都市委书记好几年，该书收录的68篇文章，都是他建设和管理宜都的行政经验。从书的类别来看，这部书当属于政务书。

因为写作长篇历史小说《张居正》，我曾涉猎明史。读了很多明代官员的个人著作。其中虽然有不少艺文类，但以个人官场经历为主的政务书更引起阅读的兴趣。相比于艺文著作，政务书的史料价值更加彰显其特殊意义。很多的政务书对我研究明史提供了可贵的资料。如明洪武至建文时期的张紞，写了一本《云南机务抄黄》，记录在其担任云南省左参政期间，中央朝廷对云南颁布的37篇制、敕、诏、诰。其中有一篇洪武皇帝朱元璋的圣旨很有意思，兹录如下：

洪武十六年正月初三日，纪事奉御徐保奉御笔圣旨：军中要十分仔细，天象今年六月至十一月犯三次，主军有大战。防水中下毒有奸谋，若军下营处须自穿井吃水。若无粮时不要守城。会着大军不问蛮子在哪里，直要寻见拿了方守城。

这道圣旨的意义在于：农民出身的朱元璋以口语下达命令，从不咬文嚼字。他让我知道这位皇帝的行政特点。我因此戏言，第一个推广白话文的不应该是胡适，而是早他五百多年的朱元璋。

再如明万历时期的官员陈全之撰写的《篷窗日录》。在其《世务》辑中有一段记述：

漕运定规，每岁运粮400万石。内允运330万石。支70万石，分派浙江、江西、湖广、山东各都司，中都留守司。南京、江南、江北、直隶十三把总管辖。浙江都司运船1999只。每船兵士10名，或11名、12名。每船装运正米300石，连加耗400余石。共装运70余万石。

结合其它记载，我从此条记述中，便知道了从永乐时期到万历时期江南漕运的变化。

由此可见，官员所写的政务书，于当世，对同道者可起到借鉴与启悟的作用；于后世，则起到了去伪存真、稽古钩陈的意义。

二

对于宜都，我路过几次，但并没有专程去过。尽管这样，我对宜都还是保有一份感情上的亲近。因为我历史小说中的主人公、封建时代大改革家、万历首辅张居正的祖籍就在宜都。张居正的祖父张镇只身来到江陵谋生，这才离开宜都。在张居正的文集中，还留有一封他写给宜都县令的信。他感谢这位县令替他祭扫祖坟。因此，当友人送来今日宜都的"县令"宋文豹的这部专著时，我便饶有兴趣地看了下来。通览全书五个部分的68篇文章，便可知道宋文豹主政宜都的经验与探索。如《宜都市实施"沿江突破"五年发展规划》《转变经济增长方式，提高县域经济发展质量》《建设新农村要把握五个关键问题》《积极促进农民就地转移就业》等篇章，都闪烁着一个地方官的行政智慧和治理经验，以及开创新局面的魄力和信心。

常言道"为官一任，造福一方"，这是许多地方官员的执政理想，也是老百姓对一县之长的期待。书中《一个深受农民欢迎的好举措》这篇文章里，有这样一段：

在全市农村实施"庭院净化"工程……凡是农户对房前屋后的

排水沟，自家稻场，村组道路到户接线路进行硬化并修建垃圾池的，市政府就免费补助一定数量水泥。完成两个项目的农户，补助五包水泥，完成三个项目以上的农户，补助十包水泥。

读到这里，便知道宜都市政府为农民办实事不是停诸口头，而是付诸行动。历朝历代，农民都是"弱势群体"，为他们办事，就不要空空洞洞，而是从具体的小事做起。中央可以制定政策优待农民，地方官员的责任是要措施到位，保证农民利益最大化的实现。

又如，在《到位才有为》这篇文章中，宋文豹有如下表述：

地方党委书记作为地方的"最高长官"承担的社会政治责任繁重，人大及其常委会的日常工作事必躬亲，客观上不现实。必须有所为，有所不为，做到管有侧重。

地方的党委书记同时兼任人大主任，是上世纪90年代开始实施的一项基本国策，旨在凸现执政党在立法执法中的领导作用。这种动机是正确的，符合中国国情的。但具体执行起来，领导人往往感到分身无术，甚至顾此失彼。宋文豹先生从实践中摸索出"兼任"的智慧，提出"只有措施到位，方可大有作为"的观点。应该说，对地方领导人的正确施政，提供了有益的探索。

像以上的例子，在本书中还有很多，这里不一一列举。总之，读完全书后，我的感觉这是宋文豹在宜都执政的总结，可称为他的"宜都政务书"。

官员写书，古已有之，至明清犹盛。当今之世，也有不少官员效仿古人，政务之暇，以著书为乐。若以书沽名，则不可提倡；若以书阐政，则是一件既可切磋于同道，又可传馨于后世的善举，功莫大焉！

基于此，我乐以为序。

2008年3月16日 于武汉

在山泉水清

我的家乡英山县，地处大别山腹地。大别山的主峰天堂寨，就在其境内。清代的大戏剧家李渔，曾路过英山，写过一首《英山道上》，有"处处水从千涧落，家家人在数峰间"这样的句子，盛赞英山风景之美。英山属于吴头楚尾。其归属有时属于安徽，有时属湖北。民国二十一年（1932年），蒋介石出于军事上的需要，将英山从安徽划到湖北，从此就没有变过，沿袭至今。

英山的自然风光极佳，但这风景不似九寨沟，亦不似张家界，触目之处，尽是鬼斧神工。英山的风景更接近于陶渊明先生憧憬的桃花源，美则美矣，却是人间。

不过，今天我要说的不是故乡的自然山水，而是想告诉读者，英山的人文风景，也是值得人陶醉的。

时下谈到鄂东，常听到这样的赞誉：红安出将军、蕲春出教授、浠水出记者、英山出作家。我作为从英山走出的作家，每每听到这样的褒评，内心既高兴，又惭愧。高兴的理由是家乡有这一顶桂冠，惭愧的是我作为一名作家，被家乡人当做桂冠上的明珠，实在是浪得虚名。

英山走出来的作家不少，但留在故土的更多。涂耀坤就是其中的一位。

我与涂先生相识于上世纪70年代末。其时我是英山县文化馆的创作辅导员，受命到离县城百里之遥的一个偏僻小镇去辅导一名业余作者创作小戏剧。这名作者便是涂先生。此后不久，我便调到省文联担任专业作家，而涂先生也当上了镇上的文化站长。这之后的三十余年，我与涂先生聚少离多。每次回到家乡，与旧日文友聚餐,总会请凃先生到场,但很少有机会谈各自的创作。

这次春节回家,凃先生将他准备出版的戏剧创作自选集《天堂梦》清样送给我,嘱我写篇序。这才知道,他自1978年让我引上编剧这一条"贼船",却一直没有下来过,不免对他肃然起敬。

凃先生三十余年来,经历过镇文化站长、县戏剧工作室、县文联秘书长、县文联主席四个职位,都与戏剧结缘。其间他写了六部大戏、四十余部小戏及小品,国家及省市三级的奖项,获得二十余种。这种成绩的取得,委实不易。

前年,一个艺术家代表团到英山采风,回来后,一位著名的散文家对我说:"召政兄,你有一个可以向世人炫耀的家乡。"朋友所指,当然还是指我家乡的风景。我第一次读沈从文先生《边城》的时候,便感到小说中溢出的那一股民风的淳朴与山野的芬芳,与我的家乡无异。但家乡的翰墨香与书生气,虽然典雅于空谷幽兰,却不是在田野上可以闻到的。

俗话说一方水土养一方人,应该说,家乡的水土尤其适合文人的生长。进入新世纪以来,民族复兴已成为改革开放的新目标、新理想。须知民族复兴的前提是文化的复兴,文化复兴的前提又是人们对文化抱有一份热爱与敬畏。很难设想,不对艺术抱有真正的热爱,不对文人存有真正的尊敬,我们的文化能够复兴起来。

我的家乡,是一片真正的尊重文化的土地。像我这样的文人,回到家乡受到的礼遇,远远超过同样做出轰轰烈烈大业绩的商人。我这么说,绝对没有贬低商人的意思,而是说明家乡人热爱文学艺术的程度。

正因为这样,才有一批又一批的文人从这个深山小县走出来,也才有凃先生这样的剧作家留守故乡,一样能够取得创作上的丰收。

涂先生同我一样,都过了天命之年。有这样一句话:"在山泉水清,出山泉水浊"。涂先生在文学中保持清澈比较容易。而我呢,要想抵制物欲横流对文学的伤害,就要下大力气了。心灵不受污染,文学才有造化。这一点,愿与涂先生共勉。

2008年3月16日 上午雨中

俊鸟也得先飞

一个人要做到永远讨人喜欢，的确是一件太难的事。但要做到永远不讨人嫌，又谈何容易！彦英兄应该属于后者。永远讨人喜欢，是要掌握做人的艺术的。中央电视台有一档节目叫《艺术人生》，看到这名儿，我就联想，人生一旦艺术化了，也就是被改造过了，不再是"清水出芙蓉，天然去雕饰"了。做到不讨人嫌，则说明这人天生有一种禀赋，不假外求，性情自与人适。这一点，大概可称为郑彦英特色。说他的特色，大致如下：

特色一：灵活

彦英兄是陕西人。前不久到西安，老友吴克敬骄傲地对我说："我们陕西作家的一个共同特点就是不说普通话，都是秦腔。"我一听还真有道理，陈忠实、贾平凹等，走遍天南地北，就是一口陕西话。鬓毛稀了，乡音也不改。但是，彦英却是一个例外。从二十三年前第一次与他交谈，就没从口音上听出他是陕西人，如今他更是从口音上入籍河南，说起河南话来，声情并茂。

特色二：执着

彦英与我是武汉大学首届作家班的同学。不仅是同学，我们还是同室寝友。那时，学校给予照顾，两人一间房，我与郑彦英分到一间。我们从未同室操戈，也没有同床异梦。走进寝室，我们都害怕影响对方，一方想睡觉，另一方绝不会挑灯夜战。但是，彦英的随和中也隐含着执着。试举一例，在校期间，有一次彦英请假回郑州。返校头一天，他给我打一个电话，说买好了火车票，我随口说一句："好，我去车站接你。"说过，就把这事儿给忘了。第二天一大早，电话铃响了，接起来一听，是彦英的，他问："你怎么没来接我呢？"我说："你等着，我就来。"等我奔到车站，他还孤零零地站在出站口。我连说："对不起。"他不气不恼，笑嘻嘻地说："没事儿，来了就好。"回到学校，同学们知道了这件事，都取笑彦英："你干吗非要等熊召政去接，你打的回来，不是还节约时间吗？"彦英作不惑状，回答："熊召政说好了去接我，这个不能变。"

特色三：认真

离校后，我与彦英见面的机会少了。但常通通电话，询问近况。当他跑到三门峡报社当社长时，我还真替他捏了一把汗。干报社不比当作家，每一件事都马虎不得。政策性太强，时间感太紧的事，不适宜于作家。谁知道这老兄一干就是八年，不但适应，还乐不思蜀了。朋友们都以为，从此以后，中州大地上多了一名优秀的新闻领导而少了一名作家。谁知冷不丁地，彦英在社长任上，又写了一部长篇。这时大家才明白，原来这家伙搞的是"一人两制"，搞新闻写长篇两不误，两样都抓，两样都出色，若不认真做实事，恐怕一样都弄不成。

2004年春，我与彦英同去中央党校参加全国文艺人才短训班，又作了一回同学。开学那天，彦英早早儿到了，在他的位子上坐好。我与他同排，临到领导讲话时，只见他在事先准备好的大笔记本上，不抬头地记录，这让从不带笔记本的我，立刻感到汗颜。这让我想到他在作家班时与人对笔记，到授课老师家中请教的诸多往事。也就悟到，正是彦英的认真，才让他干一行成一行。世界上怕就怕认真二字，郑彦英就最讲认真。

特色四：勤奋

彦英从三门峡回到省城，担任省文联副主席、文学院院长。这些头衔，如果只是挂挂，倒也无所谓，但彦英是干实事儿的。院长是公务员，公务员自有公务员的种种要求。彦英不能不按这些要求做事，同时，他毕竟还是一位有影响的作家，当好院长之余，还要当好作家，不断地写出好作品。做到这一点，惟有用"勤奋"二字解释。

彦英的勤奋不仅体现在写作上，也体现在工作上；不仅体现在工作上，也体现在画作上。当然，没有体现在炒作上。为什么这样说呢？前年，他邀请我和朱秀海两位老同学前往永城参加芒砀山笔会。期间，他送一幅画给我，说是他自己画的，请我指正。看到这一幅充满灵气的白鹤图，我颇为诧异，问他啥时候学了这门手艺。他笑道："好几年了。"我忖想：这几年，他写了好几本书，又弄小说，又弄散文，又弄电视剧，偷偷地又弄绘画，做这么多事儿，时间哪够啊，还不得一天掰作几天？这里头要想多出成果，俊鸟也得先飞啊！不信，或可以彦英兄为例。

2008年5月12日
草于上海西郊宾馆

读《长春札记》

日前，朋友给我送来一叠文稿，说："推荐你读读这些短文，想你会感兴趣。"

我一般在晚上读书。在初夏的某一夜，窗外雨声淅沥，我打开这部名为《长春札记》的文稿，发现150篇文章，都是长短大致相同的千字文。于是，我拨通了作者长春先生的电话，问他："你的这些文章是不是博客？"他的回答是肯定的。

早在十几年前，就有人向我说，互联网将改变人类的生活。我凭着某种直觉，相信这一判断，但究竟是如何改变，却懵里懵懂地道不出所以然来。直到本世纪以来，随着互联网的高速发展，我才感到互联网的无远弗届的辐射力与影响力。

远的不说，单说博客。手机的短信，电脑的博客都是高科技时代出现的新型文体。每每从手机上读到一些非常幽默与隽永的笑话与警句，不免感慨，怎么现在的文人都这么机智。比之于手机短信，电脑博客的容量相对要大一些。但博客的写作，区别于纸质传媒，一是快捷，二是精短。所谓嬉笑怒骂，家长里短皆成文章，在博客里得到完整的体现。

每一种新型文体的出现，都会产生一批代表人物。如骚体之屈原；赋体之扬雄、唐诗之李白、杜甫；宋词之苏东坡、李清照；元曲之马致远、王实甫；小说之罗贯中、曹雪芹等等。博客之出现，是近几年的事。虽无定论的大家，但已产生了一批专业写手。

但长春并非专业的博客作家。询其因，他开博客的原因，乃是因为武汉市倡议的一项"百万市民游光谷"的活动。

武汉光谷属于国家级高新技术开发区，但长春作为这个开发区负责宣传工作的领导,为了让武汉市民及远近游客能够了解和欣赏光谷,便在朋友的建议下开设了博客。

由于切近生活,也因为主旨的鲜明,长春先生博客一开,就拥有了不俗的点击率。最高时,一篇文章的点击率达到两万多次。在大致一年多的时间里,长春先生差不多每天都要写一篇,对于一个政务繁忙的人来说,每天抽出时间来写博客文章,诚非易事。

最近,"百万市民游光谷"的活动暂告结束,长春先生为此而开的博客也同时谢幕。于是又有朋友建议他将这一年的博客文章结集出版,以飨读者。长春先生便精选出了150篇,集为一册,按内容不同,分为《风景别样好》《福兮祸兮》《快乐是什么》《平衡之道》《守住淡泊》五辑。

细读这五辑中的篇章,无论是解密光谷,还是抒写亲情;是旅途感悟,还是心灵独白,莫不都像老友的促膝谈心,其行文、其思绪,都朴素而诚恳。真可谓一篇一世界、一辑一风骚。

光阴荏苒,智慧易逝。将博客文学集碎成裘,付梓出版,将网友的快乐送与读者分享,这是一件有价值的事情。我期望有更多的读者喜欢这本书,并通过这本书,走进长春先生的热情而灵动的心灵。

2008年5月30日 中午写成

一蓑烟雨慕江南

我与晓明先生相识两年多，一直把他当成一个具有很高文学鉴赏力的新闻记者。直到有一次，我送给他刚出版的旧体诗词集《闲人诗稿》，他接过翻了翻，便惊讶地说："我一直不知道你写旧体诗！"看他的神情，我反问："怎么，你也写？"他点点头，谦虚地说："偶尔写一点，但写得不好。"这之后，在我的一再催促下，他才将他的旧体诗整理出来，送给我时，还不忘补上一句："请你多多指教。"

花了一天时间，读完他的诗稿。这回轮到我惊讶了。晓明的诗，上承汉乐府之风旨，大有古意，那种遣词造句的功夫，那份含蓄缱绻的意境，让人怀疑是否系今人所作。

近几年，随着传统文化的复兴，旧体诗词的阅读人群慢慢扩大。写作旧体诗的人也不再是垂垂老者。不少的中青年也加入了写作的队伍。晓明即是其中的一个。我读过不少今人写的旧体诗词，大都是以唐诗宋词为摹本。当然，滥竽充数者亦不在少数。而晓明却越过唐宋，直趋魏晋。如下面这些句子：

孤舟逶迤去，巫山峥嵘起。
——《巫山谣》

孤僧着旧衣，对客话禅言。
——《题司空山二祖寺》

细数落花因坐久，买山只待老山间。

——《金陵秋日思王荆公》

迢迢孤鸿征万里，一蓑烟雨慕江南。
——《和友人秦淮雅酌》

兰渚生碧草，宫馆鸟空还。
——《东湖梅岭》

我心素以闲，湖鱼自来去。
——《东湖垂钓》

山涌碧云来，燕过东篱去。
——《春夜寄金陵友人》

季子平安否，想念有父兄。
——《送友人赴四川抗震救灾》

  晓明的诗，以五言古风为多，间有七言，但亦不是唐人的律句。五言诗是汉代诗歌的新创。所谓乐府，就是掌管音乐的政府机构。除了采聚各地的民谣，亦有文人参与写作。这些民谣与诗词都配上音乐传唱。后人便将这些歌诗称为"汉乐府"。其时西域音乐传入中国，与中原音乐结合产生了一种"新变声"。这个"新变声"的歌诗便是最早的五言诗。宫廷乐师李延年创作的《佳人歌》和民谣《江南》都是最早的乐府体五言诗。受乐府诗影响但并非乐府诗的五言诗是《古诗十九首》，是这种诗体最早也是最成熟的代表作。兹后，五言诗成为魏晋南北朝时期主要的创作形式。

称这一时期的五言诗为古诗，是针对唐朝的五言律诗而言的。两者的区别在于律诗讲究对偶与平仄，而古诗相对要自由一些。但是，五言古诗的质朴浑厚、比兴连绵却更难掌握。这是因为那一时期的文人，虽然也有逢迎权贵望尘而拜的小人，但更多的是崇尚自我、追求性灵的君子，想一想这一时期文人的代表"竹林七贤"，便知道他们最为看重的是个人的操守，诗中追求的是真实的感情。

晓明将五言古诗作为自己创作的蓝本，说明他的心灵与魏晋文人有某些契合之处。他的诗大致可分为三类：一是咏史，一是纪事，一是友人赠答。咏史诗中的代表作，如《咏谢安》《安陆李白夜宴桃李园》以及《金陵秋日思王荆公》等。这三个人中，一个是东晋宰相，一个是北宋宰相，还有一个则是诗仙李白。谢安与先他而当宰相的王安石两人，时称王谢，他们融合南北氏族，消弭社会矛盾，开创了东晋的繁荣。王安石倡行改革，心存社稷，亦是有为的政治家。晓明赞赏他们，可见他身上还有着强烈的事功与忧患意识，这是典型的传统知识分子人格的体现。如果说咏史诗体现他的忧患，那么赠答诗一类则凸现了他的性情。如《金陵端午访友人》《武昌赠李公永长》《江南中秋忆众兄弟》等，都是襟抱不违，意在情中。纪事诗中如《襄阳鹿门山》《武昌夏夜临江感怀》《燕山怀古》等，莫不触景生情，笔随心转。于灵动中求雅，于古拙中求戒，我很欣赏这样的追求。

当下之世，浮躁日深而闲静愈远。此况之下，晓明以诗自勉，没有为社会补弊纠偏的功利心，这反到让他的诗更加清纯。在一片嘈杂之中，孤芳自赏，不失为一种陶冶情操的好方式。

2008年6月18日　欲雨未雨时

归山计

昨日，小说家陈金鹏送来他父亲陈邦柏先生自编的诗词选，嘱余说几句话。

我有晚上读书的习惯。天气闷热，读大部头颇费力。趁好翻阅这本即将付梓的《陈邦柏诗词选》，三百多首诗，两个多小时读完，已是子夜了。掩卷深思，首先想到了一些题外话。

苏东坡写"老夫聊发少年狂"时，才四十二岁。韩愈说自己"发稀疏而齿摇动"时，才四十四岁。曹操写"老骥伏枥，志在千里；烈士暮年，壮心不已"时，才五十三岁。这种年龄，放在今天，都是绝对的中年。苏东坡和韩愈自称老夫时，都没过四十五岁。放在今天，还可参加中国作协召开的青年作家会议。杜甫哀叹"人生七十古来稀"。可见在当时七十岁是个可望而不可即的高度。可是眼下这年头，七十岁的人已是一个规模庞大的群体。

若考量身体的各项健康指标，今日七十岁人，与四十二岁时的"老夫"苏东坡颇为近似。欲老未老，精神虽不如年轻人充沛，但尚饱满。陈邦柏先生正是这样一位七十岁人。

两年前，我与陈邦柏先生见过一面，在他的小院里，看他培植的数百株盆景。陈先生在林业系统工作了一辈子，退休后仍莳花艺树，不觉其苦，但得其乐。

但我没有想到，除了园艺，他还有吟诗作赋的爱好。看这集子里的诗作，一个最突出的感觉是，陈先生写作诗词的惟一目的是怡情，是养心，丝毫没有以此求名求利的意思。当然，时下即便想用诗来作名利的敲门砖，也必定是南辕北辙的事。

陈先生写诗，可谓百无禁忌，凡生活中的事，大至国家政治，小至家长里短,皆可入诗。这种写法,很有点白居易倡导的"新乐府"的味道。不是说他的诗歌成就达到了新乐府,而是他的写作方式。陈先生有旧学功底,写出的诗虽明白如话,但很有韵味。有些诗还非常耐看。想他年轻时,必定是一位名传桑梓的乡村才子。

时下一刀切的退休方式,让数以千万计的六十岁人离开工作岗位。如何开始新的生活,如何经营自己的"第二次青春",或者说"夕阳红"的生活,应该说已经成为一个社会问题。许多退休老人选择写诗作画,培花养鸟,这不失为一种怡养天年的好方式。明代一位当官的学者说:"四十为社稷计,五十为天下计,六十作归山计。"这归山计,就是考虑如何养老。陈先生的归山计,选择了园艺与诗艺两种,这不但是一件难得的雅事,而且也是可让身心俱健的幸事。

2008年7月2日 下午

刻在石头上的历史

俗人克敬是满身心地热爱着石头了,特别是附着了人性的,浸透着文化汁液的石头。

这句话很别致,你读到它,就会怀疑有如此文化情怀的人,会是一个俗人吗?

克敬先生姓吴,是西安城中的老报人,主业是总编,副业是散文。操主业时候,他叫吴克敬,弄副业时,他就自谦为俗人克敬。这应该是陕西人的幽默。比如说,他高兴就喝上八两白酒,看到你惊讶,他便极诚恳地告诉你:"咱不喝酒,偶尔喝两盅,也是瞎喝。"

如今,这位雅其内而俗其表的克敬先生,又写出了一部新书,专门讲述各种石碑的故事。上面引述的那句话,是从这本书的自序中摘录出来的。

除了史官撰述的二十四史,中国历史在民间还有很多种传承方式。有口头相传的,有戏文诵唱的,有诗纪的,有画说的,凡此种种,各申其义。克敬眼光独到,关注刻在石头上的历史,虽不是发明,却称得上发现。

走进书中,一一浏览,从青海塔尔寺门前那块被宗咯巴大师倚过的石头,到敦煌,到乐山,到泰山刻在石坂上的《金刚经》,我们领悟到佛教的宏化与发展;从庐山石崖上刻存的《孟子》语录,到北京昆明湖畔陈寅恪先生拟文的《王国维先生纪念碑》、湖北宜都的缅怀杨守敬先生的《旋风碑》、三门峡卢氏县五里川中学院内的鲁迅亲为撰写的纪念曹境元先生的《教泽碑》等等,我们可以看到文人的操守与国学的传承；从潮州韩江边上为纪念韩愈所立的《鳄鱼碑》，到矗立在剑门关前的《蚕桑碑》、江西铅山县永平镇的《白菜碑》，苏州狮子林中为纪念文天祥而立起的《梅花碑》，重庆张自忠坟前的《良心碑》，保定直隶总督方水观所撰的《棉花图》等等，可以激起我们对民族英雄的缅怀以及对清官好官的追思；从明万历年间河南内乡县衙内树立的《禁约碑》，到清道光年间济宁知府汪泽民的《嘉禾碑》，民国时期兴安县老百姓为知县吕德慎公立的《劣政碑》，我们不但可以看到居官的不易，亦可以看到官场小丑的种种卑劣。除此以外，我们还可从《魔芋碑》《苹果碑》《公德碑》中看到老百姓对泽惠乡里的恩人的感激；从《藏羚羊碑》《狼乳碑》《老鼠碑》中看到国人的"天人合一"的和谐思想的复甦，亦可从书中第四辑记述的异国的碑刻中，想往另一种文明的风流蕴藉。

　　读罢《碑说》，通过俗人克敬寓理于情，欲热还冷的文字，不免触发我许多感慨。孔子言诗，有兴观群怨之论。树立在中国各处寺庙、山梁、园林、衙门、河源、要塞等处的石碑，又何尝不是可以兴，可以群，可以观，可以怨的呢？举凡一块石头凿成了碑，这块石头便有了不同的命运。站在纪念韩愈的《鳄鱼碑》前，你肯定会恭恭敬敬地鞠一躬，在嘲笑吕德慎的《劣政碑》前，你肯定会吐上一口唾沫。石也无辜，但因人的善恶好丑之分，它亦有了善恶好丑。同样一块石头，一剖两半，这一半雕成岳飞，另一半刻成秦桧，把它们陈列在中国的大地上，肯定是这一半霞光万道而另一半陷进了万劫不复的地狱。

　　俗人克敬说过，他到过中国很多城市，几乎每个城市都有奇石馆，但读完他的《碑说》之后，你会觉得，真正的奇石，便是那些历朝历代留下来的屹立于风雨雷霆中的碑刻。中国的历史古老，每一代都有太多太多的爱恨情仇，哪怕将其中很少的一部分刻成碑石，这部石刻的历史，也必定是中国大地上最为沉重的历史了。如果我们把每一块碑刻都视为一块占据了特殊历史地位的奇石，那么整个儿的中国，无异成了世界上最大的，最为壮观的奇石馆。

读者如果有兴趣参观这座奇石馆，可以找俗人克敬，他将是最好的导游。

2005年10月8日写于武汉

三重缘

我与长春兄的缘分，有三重：酒、历史随笔、书法。

四年前，因《人民日报》举办的新游记征文大赛在浙江天台山颁奖，我与长春兄都是获奖者，因此结识。此前十多年，他曾在天台山属地当过县长，所以，我特别羡慕他管领过天台山的风月。

颁奖当晚，长春兄的后任者，当时的县长周学锋先生设宴招待大家。因写作《张居正》，怕成了闷昏鸡，我已戒酒多年。但在那次晚宴上，我架不住长春兄及学锋先生的热情劝劝，始而微酩，继而小酌，最后豪饮。宫灯之下，把盏飞觞，竟不知窗外的天台山，天台山中的月夜，已是星斗阑干，梵钟沉寂了。

兹后，同在《人民日报》发表游记，同在《美文》开历史随笔的专栏，同时担任《美文》的全国中学生征文大赛评委。一次次的际遇，让我们的友谊浓烈起来，醇厚起来。我曾笑对长春兄讲，如果我们一起回到盛唐，回到盛唐的长安街上，杜甫的《饮中八仙歌》恐怕就得改成《饮中十仙歌》了。

唐代的酒仙很多，几乎都是放荡不羁的文人。李白也好，张旭也好，贺知章也好，将皇帝赐赠的葡萄酒拿来洗脚的骆宾王也好，骑着一匹瘦驴儿穿行在萧萧冷雨中的李贺也好，虽社会地位不同，个人性情不同，但都是十足的酒仙，没有他们，便没有让后世的作家艺术家们所景仰的盛唐气象。

所谓盛唐气象，无论历史中的每一页，还是生活中的每一天，都沉浸在浓烈而醇厚的酒香里。我很多年前写过一首未完成的诗，名叫《我从长安来》，其中有这么几句：

浸在盛唐气象中的长安

　　一匹饮尽秋风的骏马

　　一柄斫尽寒光的长剑

　　八面来风，八面豪气

　　百里长街，千家酒肆

　　每天痛饮净尽的千缸万缸美酒

　　请问哪一缸里

　　不是金光四射，诗韵乱撞？

　　那真是一个令人羡慕的时代，作为艺术家，无论是感官意识还是视觉幻象，是集体的狂欢还是个体的独语，无不都是充满了"诗韵乱撞"的勃勃生机。

　　酒是归乡小路。因为酒，我与长春兄从不同的地方出发，自明清而唐宋，自唐宋而魏晋，在烟花流水的三月，在寒雪欲下的残腊，去叩开一座又一座前辈先贤的柴扉，从线装的狂放与惆怅中，寻找能够安顿心灵的地方。

　　所以说，历史随笔是我与长春兄的第二重缘分。

　　长春兄的生活境遇，也很像唐宋时代的文人。那时的诗人，艺术家，十之八九，都寄身官场，既有令狐陶、张九龄，晏殊，王安石，范仲淹这样的宰相，也有杜甫，李商隐、杜荀鹤、石曼卿、陆游这样的小官。以至让我得出这样的印象：古代官场是文人的大本营。不像当今之世，官人与诗人，官场与文坛，是绝对的两回事。而且，今日之官场，对文人大有排斥之意。有意为文者，在官场必不通达。我从未与长春兄探讨过当今之世的为官之道，他也似乎忌讳这个话题。因此，我与他仍是以文会友，我仍只能从他的文章中，窥探他心灵的秘密。他说：

艺术，从不屈服于任何东西。
——《八大山人》

欲问高僧，身与书画此去何往？世外的世，山外的山，楼外的楼，天外的天？没有听到回答。我只知道，他的父亲是个哑巴。
——《八大山人》

放浪形骸者，不知检点者，张狂个性者，总让人担着一种风险，当然也难以大用，为官者无不深谙此道，所以也就学会了收敛与伪装。
——《"另类"贺知章》

青山白云，未必为幽闭；紫陌红尘，未必为喧扰。
——《"学禅定以求心安"的张瑞图》

一部中国文化史，就是侍奉主子的文化，所谓历史也就是帝王、才子、佳人加英烈的历史。
——《矮子解缙》

凡留存下来的东西，总在离开……河流带走了一切，逝者如斯夫——想挽留也无法挽留。
——《白沙先生》

短短的几则，应该说已让我们探测到这位官身文人的性情与思考。面对现实，长春兄是清醒的；面对历史，他又是惆怅的。他认为艺术是基督教中的耶稣，是佛教中的释迦牟尼，它永远处在心灵的最高位置，须臾也不向世俗妥协。

长春兄的性情，似乎亲近于文而稍隔于官，这并不是一件坏事。既此身在官，还是稍隔一点好。惟其稍隔（不可隔得太远，太远则生疏）才可清醒，才不至于耽于其中而"迷不知终其所止"。公务之余，舍弃应酬，远离牌局。清茶一杯，便可为文；微醺之后，更可走笔，何乐而不为？乐莫大焉！

长春兄的书法，秀丽如剡溪两岸的山水，然而不是秀丽无骨，而是在飘逸中见法度。我想无论是在官员中还是在文人中，长春兄的书法都可允为上流。他正是因这墨趣，才那么专注地从历史上找到那么多的书家，进行一次次的"萧条异代不同时"的对话，化为一篇篇色彩斑斓的历史随笔，然后又汇聚成这一册《纸面上的人物》。

如果说诗歌是生命的旋律，那么书法则是心灵的舞蹈。因此，诗与书，应是中国古代文人修心养性的手段。于诗中参禅，于书中悟道。如果长春兄不是一个追求心灵自由的人，他又怎么可能让历史中那些酣畅淋漓的墨气，来熏染他的人生呢？

长春兄是典型的南人北相，宽大于外而秀质于内，威严于脸而锦绣在胸。据我判断，以他这等精神气象，我与他的三重缘，还可以长久地持续下去。

2005年8月8日记于武汉

读吴烟痕的诗

当我读到这本《吴烟痕诗选》的校样，不禁感慨万千。对于今天的读者来说，吴烟痕这个名字已经非常陌生了。但是，如果回到五六十年代，诗人吴烟痕的作品，还是拥有众多的读者。

收到这本集子里的152首诗作，基本上都是五六十年代的作品，从文化革命开始到今年他逝世的三十多年，由于各种原因，吴烟痕停止了写作，他没有把他的歌唱继续下去，这不能不说是一种遗憾。

如果用今天的欣赏习惯来读吴烟痕的诗作，年轻的读者们肯定会感到失望。可是，对于我们这些四十多岁以上的读者来说，却能从吴烟痕的作品中，体会到另一个时代的诗人的纯朴与热情，追求与投入。

从50年代中国的第一个五年计划开始，在这个曾是满目疮痍的国土上，在中国共产党的领导下，一个大规模的社会主义建设运动正在蓬勃展开。整个中国，无论是江南还是塞北，是沙漠还是水乡，莫不都成了巨大的火热的建设工地。那是一个朝气蓬勃的时代，同时也是一个民族振兴的时代，我们的作家与诗人，莫不都激情四溢，全身心地投入到火热的建设工地，去体验，去讴歌，去写作新时代的史诗。

吴烟痕正是在这样一个时代背景下开始了他的诗人生涯，那个时代要求人们首先必须是一个革命者，其次才是一位诗人，或者是一位工程师。今天来看，这似乎不可思议。但在当时，这都是每一个人由衷的选择。从吴烟痕的诗作中，我们看到了他的选择。

三门峡与三峡，这是中国水电建设史上的两座丰碑。吴烟痕的大部分诗作,都是在这两处水电建设工地上深入生活写出的。他不但凝聚自己所有质朴的感情去歌颂炮工、钢筋工、木工、风钻手、爆破大王、电焊工这样一些餐风宿露,忘我劳动的建设者,甚至他的诗作中,还有《党委会》《党委书记》这样一些题目。今天的诗人们,或许觉得这种题目缺乏诗情,可是在四十年前,诗人选择这样的题目,却是没有丝毫矫情的。

黄河的三门峡,长江的三峡,这都是中国母亲河流上风景最为瑰丽的地方。在这两处奇异的山水中,有多少千古传诵的景点值得人们流连忘返。吴烟痕长期在这两处生活,那些美丽的景点莫不都在他的诗中得到吟咏。像三门峡乃至黄河的《禹王庙》《娘娘河》《挂鼓石》《壶口》《炼丹炉》《梳妆台》等等。长江三峡的《夔门》《滟滪堆》《巫山云雨》《南津关》《龙舟竞渡》等等。通过这些诗作,让我们看到诗人在美丽山水前的浪漫情怀。他击节而歌:"翠峰间飞落的泉水,像串串明珠织起的珠帘,白云里垂挂的泉水,像条条银丝编起的琴弦。"(《瞿塘明珠》)但是,几乎他所有的诗作,哪怕是吟咏山水,也丝毫没有忘记自己作为革命诗人的责任。物换星移,春秋更替。在新的时代,诗人喜爱美丽的山水,然而他更加热爱建设者们辛勤创造的智能风景:"钢铁大坝威震三峡,宛如一道横断大江的长城,钢铁的闸门摆开阵势,恰似雄关险隘遥对昆仑。向西看:长江飞来,汹涌的浪头变得温柔和顺,向东看,大江东去,挺拔的工厂崛起如林。向西看:碧湖浩瀚,水中映照秀丽三峡的倒影,向东看:江流排空,船帆在茫茫的天际航行。"(《降水的勇士》)

总之,读到这本诗选,我们的思绪难免不回到上世纪五六十年代。在那个年代,艺术是服从于政治的,但诗人的感情却绝对没有掺假。就像这本诗集,尽管有些诗的意境显得过于平实,却也没有那种故作高深的东西;有些语言显得过于生硬,但一个人的真诚却也跃然纸上;更重要的,这些诗意里没有儿女间的窃窃私语,字里行间,洋溢着的都是栉风沐雨的战斗情怀,这便是那个时代的风貌。

爱与宽容

与梁必文认识差不多二十年了,与他交往并一直保持了友谊,一是因为诗,二是因为他的诗师叶文福、诗兄饶庆年都是我的好朋友,他们三人都是蒲圻人。如今,庆年兄早已仙逝,文福兄久居北京,尚在过着那种以风霜待客,以忧患佐酒的血性男儿的生活,写着那种"我本人间大英雄,生如沧海死如虹"的人间绝句。梁必文的生活则似乎不见波澜,在作协机关从事一些行政工作——这份差事毫无诗意可言,可他一干就是多年,而且毫无怨言,这一点令我佩服,同时又令我失望。因为他为此付出的代价是搁笔多年,没有诗作问世。记得前年岁暮,在作协为庆祝骆文、淑耘两位老前辈钻石婚而举行的酒会上,趁着酒兴,我对必文说:"你如果再一味地沉湎事务,不肯写诗了,我就与你'拜拜'了。"其实并不是真的要和他断交,而是故意刺激他,希望他桂楫兰桨,再度航行到汨罗江的烟雨里,重新磨砺自己的生花妙笔。

也许是我的激将法起了一点点作用,或许是更多的诗友希望他重温那种激情四溢的生活;亦或是他人到中年,日渐疲惫的心灵里,久违的诗情又悄然来归。总之,近两年他终于又回到缪斯的怀抱,重新获得了那种集江南的露珠为韵,把月色锤炼成诗的歌者生涯。

两个月前,他把一本自编的诗集送给我,嘱我写点感想。这本诗集,我前后翻阅了三次。诗分四辑,这是就题材而定。其实,依我来看,诗集可分为两个部分,上世纪80年代与本世纪初。这不仅是一个时间的概念,更是一个诗的表现形式与内容的分野。

必文是听着柳箫蛙鼓长大的乡村青年,所以,他最早的诗篇,无疑给读者送来了芬芳的泥土的气息:

牛角挑一弯山月，
鱼篓兜一串星星。
——《故乡，年轻了我的思念》

祖母的针眼对准浑圆的落日，
颤抖的线却穿不起夕阳的光晕。
——《江南，夏日雨后的黄昏》

山村在昨夜的雷雨中醒来，
水鹁鸪叫绿了江南的春天。
——《春归》

有鼾有梦，也有叹息，
一朵一朵地
沿着月光的梯子爬出去。
——《天井》

这些美丽的诗的意象，这些浓得化不开的诗情。今天读起来，仍然如饮甘露。那时的必文，是一个心地单纯的乡村歌手，他整个身心爱着自己的故乡，和永远住在故乡泥屋里的年迈的母亲。故乡与母亲，是他早期诗歌的两大主题。在《墨褐竹笠》一诗中，他因雨而想到了母亲戴在头上的墨褐的竹笠，并因这竹笠，而想到朴素的母爱。鸦有反哺之义，羊知跪乳之恩。何况人乎？在诗的最后一段，必文吟道：

> 母亲,这是我用第一次奖金
> 为你买的一把花伞
> 我想,落雨的时候,你就看见
> 儿子送与你的一颗绚丽的太阳

读到这里,我想起了古人的"慈母手中线,游子身上衣"的诗句。相信每一个正常的人,都是从襁褓时代,就在母亲那里懂得什么叫爱。

必文早期的诗情,便是在这种挚爱中产生。上世纪80年代,也就是必文步入诗坛的时候,我们国家正处在一个伟大的转型期的开始,思想界与文艺界,从万马齐喑到百花齐放。萧瑟的乡村,也突然释放出巨大的生机。穿过大欢乐与大劫难并存的50年代,大饥饿的60年代,大风雨的70年代的人,真正地体会到了"解放区的天是明朗的天",每个人的眼瞳里都闪烁着喜悦,生活犹如梦幻。正是在这样的前提下,必文才敢大胆地将——爱——作为他诗歌的源头。

我曾对人说过,在我们生存的这片土壤里,一个人学会恨,可能只需要一天的时间,但若是要学会爱,恐怕要付出毕生的努力。

在必文的诗中,爱,仿佛是一种自觉。悲天悯人的情感随处可拾。这一半是出自他的天性,一半是因为当政者把爱的权利还给了人民。"白日放歌须纵酒,青春作伴好还乡",从阴霾中走出的人,大都有这种昂扬的情绪。

斗转星移,不觉二十年过去,其间,无论是民族还是个人,都经历了天翻地覆的变化,上世纪80年代的那种集体娱悦与亢奋的文化症候,忽然消失得无影无踪。诗歌已不再在人们的精神生活中占据重要位置,它日益边缘化。而我们的诗人,不管情愿不情愿,如同旧时的僧侣一样，已经变成或正在变成边缘人物。社会价值的转向，物欲至上的流俗解构了一切传统。如果说，二十年前当一名诗人，首先需要的是才情，那么现在当一名诗人，首先需要的是勇气。

　　细读必文近两年的诗作，与当年的乡土诗相比，不难看出，"爱"已退居幕后，代之而来的是那种似乎永远没有答案的疑问。写在今年春天的《回乡》一诗，颇有代表性：

　　　　曾经离家的脚步匆匆
　　　　无忧无虑像一缕风
　　　　怀揣向往，向山外走去
　　　　只有快乐，没有犹豫

　　　　多年以后，回家的脚步不再轻盈
　　　　像倦鸟飞向黄昏的密林，
　　　　虽山还是山，水还是水
　　　　可溪水已映不出昨日的心情

　　　　也有喜悦浮在脸上
　　　　迷茫却野鹿样藏在胸中
　　　　多少往事蛰伏在路边草丛
　　　　仿佛随时扑来却又躲闪不定

　　　　故乡望我，是苍老的颜容
　　　　我望故乡，熟悉又陌生
　　　　几朵炊烟熄灭又升起

>   一片白云，飘远又飘近……

与年轻时候的诗作相比，这首诗具有自我颠覆的意义。二十年是整个一代人的时间，步入中年的必文，已积累起足够丰富的人生经验，当然也不再纯情，用中年的惶惑代替年轻的爱，这是一种不易回避的反讽和心路历程上无法绕过的忧郁。与《回乡》同时的诗作，几乎都是这种基调：

>   不曾在风中折断翅膀
>   不曾在秃鹫的利爪下死亡
>   却没能躲过一声冷枪
>   在这暖意融融绿色流淌的春天
>   鸟儿悲伤而迷茫
>   ——《跌落》

>   于岁月一端看另一端的风景
>   何其相似的夕阳，波光粼粼
>   时隐时现的命运，操在谁的手中
>   只轻轻一划，便割痛了灵魂
>   ——《落寞》

>   本不想握住什么，却又常常
>   在握与被握中感受着痛
>   ——《握手》

>   没有西伯利亚的寒流

却有比寒流更冷的驱逐
没有大漠孤烟和风沙
却有比风沙更迷茫的孤独
　　——《向阳湖》

　　诗人总是在愤世嫉俗与追逐美好生活这两极中倾吐自己的感情。故乡与母亲，这曾是必文早期诗歌中不可替代的词根。穿过长长的岁月，他现在仍没有放弃这词根，只是将爱换成了惶惑。故乡永远是他不可替代的精神家园。在《回乡》诗中，他表露了"近乡情更怯"的复杂心态，由于阅历和视野的改变，他通过众多的疑问来揭示隐藏在心中的警策力和启示力。为了证明精神家园的重要，他扩大了诗的边界，从流浪的狗到沙尘暴，从历史的废墟到朝圣者，都成了他发问的对象，所有真理都是从疑问中产生，最真挚的爱又何尝不是与惶惑为邻？爱到极致而生惑，这是一种清新的梦魇之感。过了这一"劫"，更纯洁的爱便会产生。

　　释家论禅，以见山是山为第一重境界，见山不是山为第二重境界。第三重境界也是最高的境界，仍是见山是山。借此而论必文的诗，他正在第二重境界中，即"惑"的境界。

　　在这种境界里，必文的代表作是《指挥》

舞台上，一个弱智
在指挥一个交响乐团
憨态可掬潇洒自如……

演出结束了，我却还坐在大厅里
望着空旷寂寞的舞台发呆

一种特别的感受迫使我回忆
并问我自己,在生活中,我
是否也这样指挥过别人?抑或
也这样被别人所指挥?

  这一个巨大的反问,带有时代的意义。写过《指挥》一诗后,必文又写了另一首诗《宽容》,从惶惑到宽容,必文正在由第二重境界向第三重境界过渡,不是说他已经达到,而是说他正奋力走在风雨棲迟的路上。

2003年9月26日写于凯旋门下

死亡的位置

黑龙江省的阿城市是大金国的上京所在地。2003年8月，我接受阿城市政府的邀请，前往该市参加大金国建国888周年的纪念活动。在那里，我认识了当时在市文联工作的学颜，记得当时在金上京博物馆参观，他拿出一份剪贴给我看，原来是我23年前发表在《长江文艺》上的政治抒情诗《请举起森林一般的手，制止！》。我很诧异，为何他会把这首诗收藏至今。且不说诗早已被边缘化，何况像这样一首干预生活的长诗，早已尘封于历史之中了。由此我对学颜刮目相看，不仅仅是因为他收藏了我的诗，更因为他对文学的执着。

自那以后，我收到了学颜寄来的他的第一本散文集《生死之旅》，看过之后，又生了诧异。书中收录的五十篇文章，全部都是谒墓之作。一个刚过不惑之年的人，何以如此执着地凭吊先贤？有一次通电话，我问过他，他笑了笑说："不知怎的，我对这事儿上瘾"。不久，他又给我寄来他的第二部即将付梓的散文集《泪浮地平线》，希望我为之写序，却之不恭，我只好谈点感想。

这本散文集中的二十七篇文章，又组成了他的新一次的谒墓之旅。被他造访过的先贤，有荆轲、张九龄、文天祥、宗泽、蔡伦、秦观、朱耷、郑和、杨慎等，亦有近代史上的著名人物李大钊、瞿秋白、聂耳、闻一多、朱自清、林徽音、徐悲鸿、萧红、沈从文、赛金花、石评梅等，甚至葬在大寨虎头山的郭沫若、陈永贵等，他都谒诚前往，献上自己的敬意与深深的思考。

上述这些人物的墓地，或者说他们最后的归宿之地，分布在祖国的四面八方，单是走遍这些地方，就会让人产生浪迹天涯的感觉，何况学颜不惮劳苦到达上述地方，其惟一的目的就是寻找墓地，换句话说，他在寻找各种名人的死亡的位置。

这部集子的第二篇《觅死京华》，一看这题目，便让我感到特别刺眼。京华一向都是兴盛的地方，或者说是红尘滚滚的象征。学颜千里迢迢来到那里，为何是"觅死"呢？在这篇文章里，他自己说道：

> 我已经习惯了使用墓地一词，对此词语并不感到忌讳，几乎每篇文章都涉及到生死。我喜欢上了这种沉重的写作方式。倘若，让我停下手中的笔，或者不再言及生死，那么，我只有像我灵魂中的朋友一样，学会沉默。如果不是这样，那我最终也会以自己的方式走向墓地，在大地母亲的怀抱里睡卧……

读过这段文字，我们就知道学颜为何要把自己的生命变成一次永无休止的谒墓之旅。他将那些长眠地下的先贤，当成他的"灵魂中的朋友"，这是多么亲切的称呼。写到这里，铭记在我的脑海里的学颜的谦卑的笑容褪去了，而变成一袭孤傲的身影。这身影，是理想高地上的一棵风景树。

一般来讲，只有在生命中遭受过巨大挫折或一直处在坎坷中的人，才有可能背对人世而拥抱死亡。我不大知道学颜太多的生命历程，但直觉告诉我，他的心路历程肯定丰富而又坚韧。他不会把个人的痛苦无限地放大，也不会因此而去寻访。仍然在《觅死京华》中，他继续写道：

> 多年来外出寻访墓地，不是因为我个人的痛苦。痛苦

的绝望者，他所想到的只有自己的坟墓。我生活得太宁静、太幸福了，起码在三十五岁之前大体是这样的……探访墓地，更多的时候我只身一人。而所探访的对象是另一个同样孤独的灵魂。太阳升起的时候，我走出旅次的住地，像迈出家中的门槛，到大山深处或旷野之地，去拜访渴慕已久，如逢甘露的朋友。他们有的在路边安静地等待着我，有的隐居在树林里或荒草中，在我脚步焦灼的呼唤中出来相见。

只有把心灵生活看得非常重要的人，更只有对我们民族的先贤始终存有敬畏之心的人，才能够把各种各样的荒凉的墓地当成伊甸园式的美轮美奂的风景。在《泪浮地平线》中，我每每看到学颜在那些先贤的墓园里生发出无穷无尽的感慨。或慷慨激昂、或徘徊唏嘘、或咏叹不止，或追颂再三。尽管行状各异，却有着一个共同的基调，那便是感伤的、压抑的；是孤独的，更是忧患的。

唐代诗人杜甫，写过《咏怀古迹五首》。学颜谒墓之旅的感情基调，与其庶几近之。杜甫在湖北江陵的宋玉故宅前吟叹："遥落深知宋玉悲，萧条异代不同时。"这两句诗，道出了生者对死者的缅怀之情，更道尽了世间的沧桑。学颜的散文，走的正是这样一种路子。

2005年5月21日夜匆草

得一个真字

第一次见到宗奇先生,是在古城西安的一次朋友聚会上。他告诉我,他是郃阳人,因郃字生僻,现改称合阳,音一样,字不同。见我仍疑惑,他又补充一句,就是《诗经》中产生了"关关雎鸠,在河之洲"的那个合阳。立刻,我的记忆生动起来,温馨起来。这记忆不为今日的合阳,而是因为在《诗经》中名列榜首的《关关雎鸠》。

我最早的关于淑女与君子的形象,就是来自于这首诗。而且,我总是遗憾,这淑女的温柔与君子的儒雅,已沉入历史的沧桑而不可觅回。宗奇又告诉我:其实这首诗讲述的是周文王与他的爱妃太姒的故事。太姒的家就在古称"莘国"的合阳,她被周文王看中后,入室一年,就生下了铸造华夏煌煌史章的周武王。

如果把周文王称作君子,那么在中国历史中够得上称君子的人,实在是少之又少。幸亏在当今之世,最时髦的称谓是"老板。"对当官的,做买卖的,甚至博士生称他的导师,都叫老板。

可喜的是,居大不易的长安城中,没有人称宗奇先生为"老板。"尽管他半老且古板,仍不能获得"老板"的职称,何其乐乎?惟其乐也,宗奇先生才有可能成为我的朋友,在一起把盏而论"发乎情,止乎自娱"的文事。

一说到文事,仿佛就高雅,其实不然。盖因为文之人,来路各不相同。有一肚皮不合时宜的高蹈尊者,有骂尽世相的自恋尊者,有把敲门砖的文章做到极致的聪明尊者,有皓首穷经的孤独尊者……纷扰文坛,不一而是。那么,宗奇先生是何等样的一个尊者呢?若让鄙人下一判语,则是:宗奇先生根本就不是一个尊者。他的木讷，直如深山古寺的头陀呢！

平直如拙，木讷近愚。这应该是君子的世相吧，至少，我是这样认为的。中国的第一个大君子周文王是宗奇故乡合阳的女婿，仅此一点，世代的合阳人都会骄傲，也都会仿效。

宗奇先生工作之余，喜欢写一点散文。读他的散文，我像是听到黄河之洲上的关关鸠鸣，世间所有叫声好听的鸟，据我考证，绝没有哪一只住过音乐学院。什么叫天籁？凡是学堂里学不到的东西，从生命的本然状态中流露出来的东西，就叫天籁。

宗奇先生的散文，便有着天籁之音。

他的为数不多的散文，大致可分四类：一是谈故乡的人事，二是谈亲情，三是记述自己生活的经历，四是对自然风物的观察与欣赏。我说这些散文近似天籁，主要理由在于：

一、不矫情。无病呻吟者，故弄玄虚者，虚张声势者，狗扯羊肠者，在文人中不算太少。年轻时，我下乡当知识青年，一位公社书记来我们队动员抢收抢种，这是三分钟就能说完的事，他偏偏讲了大半夜尚未上题。他从亚非拉讲到苏联修正主义，又从苏修讲到反修英雄恩维尔·霍查。并断言，这位恩维尔是恩格斯的孙子，而且，为了和我们的伟大领袖毛主席确立战友关系，这位恩格斯的孙子、马克思的侄孙从此不喝咖啡，改成喝茶了。所以，他干脆就把名字改叫恩维尔·喝茶。他在台上讲得唾沫横飞，台下的社员听众渐渐溜走，最后只剩下三个人，一个是队长，一个是民兵连长，还有一个是没有任何官职的社员。公社书记对这位社员尤其看重，感动地问他"你为何喜欢听我的形势报告？"社员告诉他，不是喜欢听，而是因为书记屁股底下坐着的板凳是他家里的，他是耐着性子在等板凳呢。

这位公社书记的大而无当的报告，同我们一些文人的大作，有异曲同工之妙。宗奇先生是有条件在大庭广众下作报告的人，我没有听过他的报告，但从他写出的散文中，我敢断言，他的报告一定是有话则长，无话则短。说事儿丁是丁，卯是卯，说完就散会。

对于写作者，把文章写得很机智，不难，但把文章写得质朴动人，却是很难的事。这里头首要的因素，是感情的真实。作为文人，宗奇先生可能欠缺许多看家本领，他惟一不缺的，大概就是这感情的真实了。

二、朴拙。人们常把这个词用来形容人的性格，其实，它应该是一种境界。

宗奇先生的感情与文字，都是一色的朴拙。在他的文章中，你找不到一个华丽的词藻，因此，你不能用丰赡的文采来形容他。打个比方，他的语言，一如远古的陶罐，而非明清的精瓷。平凹兄好陶，他的"上书房"中，有许多汉唐以前的陶器，我亦存此一点爱好。三天前在西安，我还与平凹兄探讨这一问题，他说："我不大喜欢瓷器，是因为他们太精美了。太精美的东西，近妖，近伪。陶不一样，它可以让我感受到泥土的存在。"这席话借而论之，亦可用之于宗奇的散文。

我有一位商界朋友，人很好，但长得太精明，每次谈生意，客户一看他的尊容，顿时就十二分的警惕，许多单买卖因此而告吹。我的朋友为此倍感苦恼，恨不能花巨款去做一次整容，借助科技手段创造出一副老实的面孔来。

宗奇先生却没有这个烦恼，他的长相，同他的文章一样，古拙而朴实，一看就产生信任。

我想，当年的周文王之所以与太姒一见钟情，大概就因为太姒不但水灵、漂亮，而且整个的精神气象，让人感到可靠，不是近妖、近伪那种人。

近妖近伪的人，一般都矫情；古拙朴实的人，行文都自然，这是规律。宗奇先生每每问我："你看我这样写有何不妥？"我真的不好回答，这就像问"你觉得陕西的锅盔是好吃食儿吗"一样。对于我，这是人间的真味，好吃。但在吃惯了燕窝鱼翅的人中，恐怕就会嫌这锅盔太寻常，难入庙堂。

　　在宗奇先生的散文中，有一篇《打井》，记述了他为家乡打一口水井的故事。他的家在合阳县金水河畔的岭坎上，世代缺水。当地的民谣是"宁给一个馍，不给一口水"，可见其用水之难。宗奇到省城后，找各方面的执事者帮助，终于在他们村头打了一口720米深的机井，解决了四个村人的吃水和2000亩地的浇灌。乍一看这篇文章，我便惊诧，一口井打到720米深，这在我居住的江南不可想象。我就想，在陕西的黄土高坡上，只有在七百米深的地心里，才能获得甘泉，这是一种生命启示。在这片土地上生活的人，既惜水如油，转而为文，必定也就惜墨如金了。

　　宗奇先生貌拙气古，为文如做事，愿意舍轻就重，从地心汲取甘泉，这本身就是君子之风。前面已讲过，当今之世，老板多而君子少。宗奇先生似乎并不思考这样的问题。某日，他请我为他题写斋名，我问名何？他说"迟悟斋"。我一听笑了，心想这人有后福。因为大凡早慧者，夭折者多，侥幸存活，必晚景凄凉。而迟悟之人，说雅一点，是大智若愚；俗一点，类似于江南的呆头鹅，吃得、睡得，闲也闲得，亏也吃得。平居待人，守一个善字；率意为文，得一个真字。

2005年7月31日记于武汉

中国出了个晃晃叫李更

一

我与李更相识已有三十余年。记得1980年春天,湖北省作家协会在我的故乡英山县桃花冲林场招待所举办一个小说笔会。参加者有鄢国培、祖慰、周冀南、王维洲、王继等人。组织这次活动的,是当时省作协驻会副主席李建纲。桃花冲处万山丛中,离县城六十余公里。县城每日有一趟班车到达一个名叫红花嘴的小镇,自此进入桃花冲还有十五公里,虽有简易公路,却无班车可通。一日午饭过后,李建纲忽然对我说:"我儿子今天从县城搭早班车来桃花冲,按理应该到了,怎么不见人影?"一干作家,只有我是当地人,于是自告奋勇沿简易公路去寻找。当时的青年作家王继陪同前往,因为只有他认识李公子。沿林场招待所下行大约五公里左右,忽见一位瘦若麻秆的少年正对着路侧一处山洞出神。王继喊了他一句,麻秆少年冲着他一笑,说:"这洞内有泉水流出,还有燕子飞。"样子稚气,却满脸兴奋如科考工作者。

这位麻秆少年就是李更。

从那以后,就算认识了李更。但来往不多。其因是他太小,还是一位高中生,但与他父亲李建纲却过从甚密。建纲是著名小说家,代表作有《三个李》《坐火车玩儿》等,文风朴实而幽默,在上世纪80年代的湖北文坛,占有重要的一席。

说实话,认识李更的时候,只把他作为李建纲的儿子看待,并未意识到这麻秆少年日后会成为一个特立独行的文人。

记忆中,李更大学毕业就去了珠海,在《珠海特区报》谋了一份编辑的差事，并且一干就是二十五年。论资历是元老级的人物，论职位还是一名普通编辑。在别人看来，他这际遇似乎有点蹭蹬。但人各有命，岂可一概而论。不必美誉他"安贫若素"，也不必说他"不求闻达于诸侯"，只能说他"醉翁之意不在酒"，他的作家的造诣，相比于他的小说家的父亲，完全可以说是"青出于蓝而胜于蓝"。

二

李更开始写文章，大约是上世纪90年代，其时正是我文运蹇滞下海经商的时期。我那时不读任何文学类的报纸杂志。所以，对李更早期的文章知之甚少。记得有一次，一位作家老朋友对我说："你还记得李建纲的那个儿子李更吗？那家伙可是文学界的一根刺儿，看谁不顺眼就扎谁，大家都躲着他。"听到这番评论，我心存疑惑：难道当年那个站在山洞前一脸兴奋的麻秆少年，竟成了牛二式的泼皮？

三年前，我与《文学自由谈》的主编任芙康先生同时担任第六届茅盾文学奖的评委。赏读入选作品之余，常得暇聊天，有一次他问我："你认识李更吗？"我立刻想到关于"刺儿"的评论，便回答："李更的爸爸是我老同事，老朋友，听说李更文章写得犀利。"任芙康说："李更经常给《文学自由谈》投稿，他的文章从不趋炎附势，有自己的见地。"听到这番评价，我内心高兴。因为芙康自己就是一个不趋炎附势的人物，他的评价可谓惺惺相惜。

去年，我在《文学自由谈》三月号上读到李更的文章《大声公》，第一段就把我吸引住了：

那天在凤凰卫视的窦文涛节目里看见德国的汉学家顾彬，他果然是敢于说话的。但是我在他身上没有看到德国人的严谨,倒很有一点当年党卫军的严厉和战败国的忧虑。

果然犀利,果然泼辣,果然无所顾忌。在好好先生大行其道的当下文坛,李更果然是一根"刺儿",但他并不是逮着谁就咬谁的疯狗,而是有的放矢、对当下文坛的不正之风始终保持着批判意识的独行侠。

三

李更的杂文,在读者中影响广泛,仇者仇之,亲者亲之,不用我更多的饶舌。但是,作为诗人的李更,对熟悉李更的读者来说,恐怕是个新鲜的称呼。日前,我收到李更寄来的他将要出版的诗集,附上不到一百个字的便条说:"你看看这些诗值不值得你写几句,如觉得不够格,就不勉强。"

在李更的内心中,有亲情而无权威。他不大看地位、名头,但绝对要看交往的"舒适度"。读了便条,我随手翻开他诗集的打印稿,只见以下这些句子:

哪一天自己也会像他们那样
白发苍苍坐在那里
固执地把交易所
当自己的养老院
————《悲壮》

在中国房价
像长征火箭一样升天的时候……

买
还是不买
这不是一个
哈姆莱特的问题
我们必须要像买自己的棺材那样
赶快作出决定
　　　　　——《海伦堡》

四十八年以前
在这个叫蒋家墩的地方
呼尔嗨哟
中国出了个晃晃叫李更
　　　　　——《红钢城》

我们已经比不了官大官小
也比不了钱多钱少
我们只有比谁比谁能熬
　　　　　——《我们终于熬过了2008年》

其实
小人是有素质的
你如果
不具备那种素质
再怎么努力
再怎么花钱
都做不了小人

哪怕装也装不像
　　　　——《小人是天生的》

　　我们认真活下去
　　已经不是为了享受生活
　　而是为了看到一种结果
　　想知道结果离真相有多远
　　　　——《自言自语》

四

　　读到以上这些诗句，相信读者会有一个判断：诗人李更还是那位杂文家李更，同样的调侃，同样的冷峻。

　　杂文诗在中国素有传统，古人不说，单是新中国成立后，杂文诗就出过不少名篇。如袁水柏先生的《马凡陀山歌》，赵朴初先生的《某公三哭》，聂绀弩先生更是杂文诗大家。有句俗语说"嬉笑怒骂，皆成文章"，移植到杂文诗中，便是"嬉笑怒骂，皆成诗趣。"但是，近二十年来，写杂文诗的人已越来越少了。不是社会上值得批判的东西大为减少，而是文学批判社会的功能大为减弱。李更僻居珠海，却是"位卑未敢忘忧国"，说忧国太大，忧时可也。浏览诗集中的作品，没有士大夫的优雅，也没有小文人的闲适。处处流溢的，既有草根阶层生活的窘迫，也有对庸俗生活的讥讽。即便是怀旧，也是"苦恼人的笑"；即便是向前看，他也认为"把世界交给陌生人"有点让人担心。

　　李更诗作中的妙处，在于"只可意会，不可言传"。所以，我只是想引导读者来读读这本诗集，至于评判，还是那句话：群众的眼睛是雪亮的。

李更在诗中自嘲地说："中国出了个晃晃叫李更"。晃晃是武汉的新方言，有无所事事，管管闲事，做不了正经事，无事找事等诸多意义。当然，上述种种还不能概括"晃晃"之妙。在日常生活中，晃晃为贬义，说某某人是晃晃，大家就会对他敬而远之。李更自称是晃晃，依我看，这是对那些"正人君子"的巨大反讽。就像他的这些诗作，不能登上被一些"大师"们控制的"大雅之堂"，但是，置于另册，相信还是有不少读者会喜欢它。

2011年元月1日于闲庐

历史的寻梦者

——序谭仲池抒情长诗《东方的太阳》

一

当我读完仲池先生耗费一年时间精心创作的六千行长诗《东方的太阳》时,既为他执着的写作精神而钦佩,更为他作为一名共产党人的坚定不移的信仰以及矢志不渝的深情而感动。

时下的世风中,潜规多于真理,矫情多于真挚。而仲池先生写作这部长诗,没有受到任何世俗瓜蔓的牵绊,他真正做倒了"我笔写我心"。诚如在卷首语中开宗明义指出:"谨以此6000行的长诗献给中国共产党九十华诞",并自信而虔诚地吟唱:

> 请你在诗歌的天空深情凝重啊
> 东方圣母的明眸里
> 一定会出现一道比梦想
> 更灿烂的彩虹。

二

《东方的太阳》分为八个部分,六个章节外加一个序诗,一个尾声。

第一章写的是中国共产党诞生之前的五千年故国的历史,特别是鸦片战争以来丧权辱国的耻辱;第二章写共产党横空出世的历史必然与现实意义;第三章写国共两党的爱恨情仇;第四章写新中国成立后共产党领导的艰难曲折。作者在不回避不掩饰毛泽东犯下错误的同时，也坦诚地表露自己对毛泽东的敬仰与爱戴；第五章写的是邓小平倡导改革的三十年的编年史；第六章揭示社会主义在中国获得成功的原因。

关于这首诗的创作动机，仲池已在《后记》中作了透彻的阐述。熟悉仲池的人都知道，他个人的奋斗史与共产党的生命史是密不可分的。惟其命运相连，仲池才有可能克服种种困难，为他所追随的太阳——中国共产党写出一首大气磅礴的史诗。

一位成熟的诗人，往往从感情出发，收获的却是思想的光芒。通读长诗，我感到仲池并不是在唱廉价的颂歌，而是让自己走进一代又一代东方赤子的心灵，同他们一起拷问、鞭挞、思索与奋进；一程程穿过风霜雨雪，一程程踏过故国山河。作为历史的寻梦者，仲池虽然像一只候鸟永远在迁徙之中，但他从未离开过理想的高地。他曾这样歌颂青年时代的毛泽东：

> 梦，就这样在知识的旋风沃土里生长
> 就这样系在额头飞舞的长发中
> 又走进了湘江边，在那里
> 还有更多的怀梦者，寻梦者
> 一同铸造着寻梦的意志和火把

仲池出生时，新中国的太阳已跃跃欲升。所以，他没有能够同他众多的湖南老乡一起，参加辛亥革命、北伐战争、秋收起义、抗日战争、解放战争等等扭转乾坤的大战役。但是，他从前辈赤子们的手中接过寻梦的接力棒，亲自参与了新时期三十年的改革。曾长期担任行政领导工作，特别是当了多年长沙市市长的他，不但自己怀梦、寻梦，而且还影响着一批怀梦、寻梦者，一起加入到锻造东方太阳的行列中。从这个意义上讲,这首长诗不但是中国共产党的创业史,同时也是仲池个人的心路历程。

三

按一般的规律,诗歌是年轻人的事业,随着涉世日深,理性日增,天命之年后已很难激动了。特别是过了六十岁,灿烂归于平淡,感情的波澜已不大可能在钝化的心灵中涌动。但是,仲池是一个例外,读他的这首长诗,总会感到有团火在他心中熊熊燃烧。他说:

> 雪夜 我的心和梦想点亮黎明
> 雪夜 我的血 宁愿化作星辰 雪夜我要去
> 寻访孔子 孟子 老子 屈原 杜甫 李白
> 和李清照 王昭君 趁雪夜未眠
> 找回那五千年后最亮的明灯
> 我要去

看到这一段,会让人产生一个错觉:仲池是一个涉世未深的青年。李商隐说"曾经沧海难为水,除却巫山不是云",仲池可是饱经沧海,却依然如此执着,他甚至说:

> 中国没有入睡的书生 仁人志士
> 自己点亮了庭院的灯火 激愤地互相呐喊

读这样的诗句,让我想到了谭嗣同的"四万万人同一哭,天涯何处是神州"这样的激奋之词,谭嗣同与谭仲池都是浏阳谭族。仲池之晚年，犹有如此磅礴的胸襟，就近说，应该与族中的遗传基因有关，他身上存有乃祖谭嗣同这样的血性；说远一点，自明清以来，三湘大地盛产英雄志士，此等人每言及国家、民族、无不血脉喷涨。仲池成长、工作于顺世，不能像乡贤前辈那样横刀跃马，但这并不能改变他长歌当哭，慨然以天下为己任的湘人个性。基于此，他才会萌动创作《东方的太阳》这首长诗的想法。既然不能把史诗写在山河大地上，至少也该写在纸上。

四

诚然，从政治角度考虑，写作这首诗有巨大的难度。仲池写作此诗的依据是近现代中国的进程史以及共产党的编年史。由此而来，一些在历史转折时期产生过巨大影响的人物便不可回避。在长诗中，仲池对康有为、梁启超、谭嗣同、孙中山、蒋介石、胡适、张学良等作了点评，对共产党人中的李大钊、陈独秀、周恩来、胡耀邦等也作了中肯的评价。对党的历代领导人的文治武功也作了深情且有见地的回顾。特别是对新中国的缔造者毛泽东，以及改革开放的倡导者邓小平，仲池可谓投入了他全部的爱与忠诚。写到毛泽东与共产党的关系，我们看到了这样的诗句：

> 他走在浩荡洪流的涛头
> 他最先看到了那片绚烂的风景
> 他高声说出心中的联想和感情的涌动
> 他用诗歌般美丽的描述，表达日出的壮美
> 它是站在海岸遥望海中已经
> 看得见桅杆尖头的一只航船

>它是立于高山之巅 遥望东方
>已见光芒四射 喷薄欲出的
>一轮朝阳 它是躁动于母腹中的
>快要成熟的婴儿
>
>这是一个伟大思想家 政治家 和诗人的
>最生动 形象 经典的预言 不是谁都能
>看到这一切 不是谁都坚信会出现
>这一切

这两节诗句中展现出来的,不是诗人丰富的想象力,而是在归纳一个伟人的巨大能力时所表现出的澎湃热情。关于毛泽东的逝世,仲池也毫不犹豫地下了如下判语:

>他,毛泽东 中国人民心中的太阳
>他的走 只是形影的离去 他的
>灵魂 思想 品格 才华 意志 情感
>仍在中国人民心中飞翔
>鲜活地放射光辉和温暖
>
>他是中国人民永远的信仰火炬
>永远的理想旗帜 永远的意志
>丰碑 永远的向往辉煌
>他的至高至尊 如阳光灿烂
>永远蔼蔼抚四方 如明月皎皎
>永远赫赫出尘冥

诗歌不是哲学，它不需要过分地冷峻与客观。当今之世，可能会有人不完全同意仲池先生对毛泽东的这份过于真挚的感情。但这恰好表现了仲池的笃定和可爱。他对自己热爱的领袖，信赖的组织丝毫不矫情、不造作，这应该是难得的美德。

对于另一位挽救了党，挽救了中国的伟人邓小平，仲池也表示出他足够的敬仰与爱戴：

> 望着老人慈祥的目光
> 就像望见了一轮圣洁的月亮
> 眼前泛起一片春天的原野
> 我们握住了老人温暖的手
> 就像拥抱着一条浩荡的长江
> 整个世界涌动着无穷的力量
> 我们靠近了老人有力的臂膀
> 就像依偎着巍峨的长城
> 去憧憬21世纪的绚丽风光

如果说毛泽东是在世界上讲述"中国的故事"，那么，邓小平是在中国讲述"春天的故事"。中国在毛泽东手上实现了独立，在邓小平手上变得强大。仲池看到了这一点，他的长诗中始终围绕"独立"和"强大"这两大主题而进行酣畅淋漓的阐述以及不遗余力的歌颂。因为采用了编年史的形式，众多大的历史事件都必须顾及，长诗的后半部分略显芜杂。但瑕不掩瑜，作为一部史诗性作品，它的强有力的逻辑与炽烈的情感照样可以熏染读者的身心。

2010年12月25日开笔 2010年12月26日写毕

奕博的散文

中国有几个城市是适合文人居住的，像苏州、杭州、成都、西安等。所谓适合，当然是相对而言。最基本的条件是，这个城市必须有深厚的人文传统，城市周围有好山好水，城市的街巷里有雅致的酒肆茶楼。更重要的，是这座城市的居民中，始终有一个欣赏文学艺术的阶层。老人有阅读的兴趣，年轻人有学艺的冲动。我在这种城市里，常常有如鱼得水的感觉。饮酒品茶，谈文说艺，每每得到娱心怡情的快乐。

今年春上的一天，我在西安与文友相聚。《美文》的执行主编穆涛先生将一个小伙子领到我跟前，介绍说："他叫陈奕博，是名高二的学生，喜欢文学，尤其是历史散文。"我听了并不觉得奇怪。西安的风气滋养文人，在这座至今荡漾着汉唐风韵的古城里，官员作家、少年作家比比皆是。陈奕博拿出他出版的一本散文送给我。我随手翻翻，便觉得这位虽生得健壮，满脸却洋溢着稚气的高中生确有一股灵气，字里行间透露着一股与年龄不符的成熟。我便同他闲聊了几句，发觉他的语气也像那种小大人，便有些诧异了。因席间人多，寒暄则可，深谈不易，便嘱咐他可将新写的文章通过电邮给我。过不多久，我收到了他传来的十几篇散文。大约因为我热衷于历史文学写作的缘故，奕博传给我的，几乎全是描写历史人物的散文。

不单西安城里，时下中国文坛，少年作家不仅在数量上，而且在才华上都显露出锐不可当的气势。但是，由于阅世不深，经历太少，他们的创作多半局限于校园文学或青春文学。像陈奕博这样超越自己的生活，甚至是生命的体验而欲解析历史中那些震砾古今的人物，在少年作家中虽不是唯一的，却也是非常少见。

试看下面这几段文字：

> 长安皇城，紫金宫殿，不仅拒绝为艺术家提供最朴素平实的理想土壤，也同样摧残着文学家施展政治才能，落实经世抱负的自由极限。
> ——《长安的隐喻》

> 对高地的敬畏，往往成为人们行走世上明哲保身的处世哲学；对高地的恐惧，也禁锢着人们遗世独立的生命理想。然而，总有人在历史的风口浪尖孑然独立……
> ——《高地的孤独》

> 太史公写项羽这个人，成在他的意气，也败在他的意气上。
> ——《人文欣赏》

这种思考，这样的立论，出自一个十七岁的高中生之手，着实叫人惊诧。我们说一个孩子的早熟，既指的是生理，亦是心理。但若用早慧这个词，则纯然指的是心灵了。

奕博的历史散文，选择剖析的对象是李白、王维、苏东坡、韩愈、项羽这样的人。这些人存在于中国历史中的理由，除了才华，还有他们的悲剧性的命运。生于锦绣时代的年轻人，喜欢和亲近这样一类历史人物，似乎可以望见他生命中的茂然气象，显出的不是常态，而是那种悲天悯人的孤峭。

奕博的散文，又让我想到了西安。历代许多文人的才情，堆砌起这座城市文化的高度。每一朝每一代,注定会有一些人站出来,接续这座城市的文化香火。奕博会不会是这种人呢,在他的文字中,似乎看到了某种端倪。

2010年8月21日

序段维的诗

我的老家英山县，地处鄂省之最东，乃大别山腹心之地，大别山主峰天堂寨在其境内。以地理而论，多峰谷而少平畴。诚如清代大戏剧家李渔《英山道上》诗中所言："处处水从千涧落，家家人在数峰间。"千轴云烟，一境溪山，美则美矣，然绝非开风气之先的地方。

但是，比之藻饰时代先声夺人的通邑大都，吾乡于自甘淡泊的境界中，亦有可资夸耀之处，这便是旧体诗词写作的普及。无论勤于稼穑的村夫野老，还是案牍劳形的公门中人，大都以吟诗作赋为乐事，城乡人家，或贺婚、或祝寿、或起楼、或悼亡，前往祝福或吊唁之人，于馈礼之外，少不了奉上自撰的诗词或联语，而当事人家，也高高兴兴地集腋成裘，编成一册分送亲友以资纪念。

段维与我同为英山人，且都是从那一片穷乡僻壤中走入都市的文人。大别山腹地的翠雨樵风、林泉云石，毫无疑问，成为滋养我们且终生受用的天籁。

我与段维相识二十余年，惟知道他在大学里从事教授与编辑之职，为人方直其表，缱绻其心。直到近几年，才知道他勤于旧体诗词的写作。事实上，他的择韵探珠的行脚生涯，却是在四年前开始的。

诗词之于唐宋，是表现生活的最好的文学样式，自元之杂剧，明之话本相继出现之后，诗词便退出舞台中心，而成为文人们抒发性情的秘器了。上世纪20年代以降，新诗大行于天下，旧体诗词一度成为文学的化石。直到本世纪初，这一种差不多被遗忘的文学样式又重新风行于域内其写作的人群，也从"遗老"阶层逐渐蔓延至中青年中。段维的加入,固然有乡风的滋润,也是顺应了这种回归传统的潮流。

　　作为文学教授的段维,浸淫于古典多年。所以,一入写诗之列,便出手不凡。今人之旧体诗词的写作,弊病有三:一、应景之作多,空洞无物;二、以事理入诗,缺乏灵动;三、题材狭窄,少有开拓。从段维收入此集的三百余首诗词来看,他从一开头就注意到了这些问题。读他的诗,真有"八面出击,处处玲珑"之感。

　　首先,段维的诗词取材丰富,眼下时代发生的种种大事,在他的诗中皆有涉猎。如《邓玉娇刺死官员案》《汶川地震周年祭及H1N1横行》《通钢事件》《钓鱼执法》《地沟油现象》《有感时下男儿"伪娘"之趋向》《临江仙·武汉交通现状》等等,单读这些题目,便知段维有针砭时弊的追求。

　　以时事入诗,如杜甫之"三吏三别",立此存照,让后世人可以从诗中触摸到当年时弊。但若要写好,诚非易事。段维此类诗,大致水平皆可入读。我这么说,并不是一个贬损的评价。能够入读,就是很难很难的事了。同为杜甫,他的"三吏三别"比之《秋兴八首》《咏怀古迹五首》,其艺术上的成就,就要差老大一截了。

　　比之时事诗,我更喜欢段维的乡土诗与借景生情的咏怀诗,他的《故乡纪事》《浮世感怀》等组诗,以及《西江月·农家乐》《江城子·农家橘园》等词章,都写得极有韵致。在这些诗词中,或以俗语入诗:

　　　　随缘应势好抓阄
　　　　　　　　　　——《浮世感怀之二》

和为贵说是真经

——《浮世感怀之四》

僧多粥少排先后，燕瘦环肥无弱强。

——《浮世感怀之八》

口语化又不失诗意，于调侃中造出诗境，手段已是老到。再如《故乡纪事》组诗，于朴实中见华丽，平淡中见奇崛，可称妙品。如：

冻伤脸颊葡萄紫，类饼干烧旭日红。

——《放牛娃》

湖中鹅白层云厚，藤上爪红落日圆。

——《秋收图》

这样的句子，即便放在唐诗中，也毫不逊色。另如借景抒情的诗，亦见独特领悟：

莫道飞虹多角斗，人心未必逊橡梁。

——《婺源虹桥》

多情欲问非耶是，举目青山正坐禅。

——《龙脊梯田的摄影》

这种诗句，用玩玉者的话说，叫"开眼货"，值得珍藏的。

段维的诗，从我个人来看，律诗好过绝句。这两样写法不一样，律诗如同小说，讲求结构；绝句如同散文，讲求性灵，前者雄浑，后者流畅。段维集中有这样一首七绝：

相约桃花心化蝶，桃花梦滞足和头。
疑春暗接桃花怨，欲遣桃花改作秋。
——《连续两年欲拍摄孝感杨店桃花未竟》

一线贯珠，奇思异想，这便是绝句的正品。希望段维今后多写出这样的诗来。

读段维的诗，可读乡情、亲情、友情、世情、心情，其真实感处处可见。这集中还有一种值得品读之处，便是点缀于诗篇之间的数十则"诗话"，其中既有诗词常识，也有作者学诗的心得及见解。从中可以看出作者习诗的刻苦精神以及步入堂奥的秘诀。

吾乡诗人既多，但像段维这样的学院派，却是少之又少了。期望他在觅诗的途中"既散魂而荡魂，迷不知终其所止"。

2010年7月10日雨中

《千年心祭》序

历史研究门类颇多，如方志，如族谱。深入进去，如探丽珠。改革开放之初，各县都成立了县志办公室。我的书架上，有新修的县志数十种之多，都是到各地采风收到的礼物。近些年，一些氏族中的热心者，又赞助整理或重修族谱，且这风气，不是在萎缩，而是在漫延。

如果说，增修县志是举政府之力，重修族谱则是兴于民间。盛世修史，于政府、于民间都是莫大的善举。从我读过的那些新修方志与族谱中，虽良莠不齐，但依然让我感受到"一花一世界，一叶一如来"的灿烂。

前年冬天，我们三位熊姓的后裔，同时担任了湖北省政协常委。某日，第九届省政协主席王生铁先生召见我们说："我发起成立荆楚文化研究会，专门进行楚国历史的研究。大家都知道，楚国国君姓熊，你们三位熊氏的后代，却好像不怎么热心荆楚文化的研究。我研究荆楚文化二十余年了，我是在替你们熊家打工啊！"听王主席一席话，我与另两位省政协常委熊吉平与熊汉生，都颇为汗颜，觉得王主席批评得对。

去年冬天，经熊吉平筹备，我们邀集了湖北省境内一些熊姓的代表人物及相关楚文化研究的专家学者，集聚一堂酝酿成立"楚熊文化研究会"。意将此会挂靠荆楚文化研究会，成为一个专门研究楚熊文化的机构。王主席及荆楚文化研究会负责人武清海、陈昆满等先生，都表示支持。这件工作就算正式拉开了序幕。

也就是在这次会上，我认识了来自麻城的熊忠才先生。他长期从事教育及行政工作。1998年退休之后，便矢志于楚熊文化的研究，并将其研究的心得以及前往各地访问过程辑为一册，名为《千年心祭》。会上，他把这本书稿给我，嘱我写几句话，我便承诺了下来。

《千年心祭》分为五个部分，既考订楚熊的源流；又谈到该族的繁衍及流布。既披露大量的家族轶事及精英人物；又揭示楚熊千年不灭的内在原因。因为俗事太多，我花了三个月时间才读完书稿。感到忠才先生十几年来的研究，对于熊氏族裔文化的本源及流播，起到了极好的推动作用。楚熊文化研究会的成立，这本书是最好的献礼。

清明刚过，但寒雨仍在纷纷，这是国人祭祖怀宗的时节。在这样的日子里读《千年心祭》这样的书，正其时也。

是为序。

2010年4月12日雨中

《酒趣禅缘》序

前不久，读到一本有趣的文稿，上百篇文章大致谈了两件事：酒与禅。从常人的生活经验判断，再没有比这两件事更加南辕北辙的了。酒让人狂放而禅让人寡欲。很难想像，一个人既耽于酒又沉于禅。但是，这部文稿的作者马永庆先生，却是品酒成趣，参禅有味。在唐代的大宗师看来，非有大根器的修行者，是不可能将禅酒聚于一身的。

近两年，禅茶的概念兴起。大红袍的发源地武夷山天心禅寺，更是举行一年一度的禅茶节，各地的高僧茶客于此兴会。一瓯在手，便觉馥郁的掌心，孵出无尽的禅机。茶之隽永与禅之活泼，让人从舌苔到心灵，都获得极大的快慰。

对应于禅茶的，应该是禅酒。但现在却是禅茶大兴于天下而禅酒之说尚不被接受。我认为，武夷山盛行禅茶，乃是因为彼处的岩茶深受国人喜爱。茶还是茶，但加上禅字儿，这茶就不仅仅是香茗了。同样，若将酒与禅连在一起，则禅愈热烈而酒愈丰富。问题是，禅酒的相连，究竟于何处、于何时能催熟它的机缘？

如果说武夷山是禅茶的发祥地。那么，马先生所居住的西安则应该是禅酒的诞生地了。这是因为，在盛唐，长安都城内外，不但到处都是佛教各个宗派的祖庭，亦是东土与西域各种最好的美酒的聚散地与消费地。杜甫的《饮中八仙歌》绘声绘色地描绘出长安酒徒的张狂与纯真、怪诞与高洁。读到"长安市上酒家眠，天子呼来不上船"的诗句时，我就想，似这等只顾享受饮酒的快乐，连皇帝的邀请也全不理会的酒徒，在当下的中国，恐怕一个也找不出来了。唐代的和尚，只要是悟得禅之妙趣的人，也不会视饮酒为破戒。"寒夜客来茶当酒",不但是文人的常态,也是僧家的常态。无酒时就把茶当做酒,平常就可能把酒当做茶了,这是多么洒脱的生活。

佛家讲究"戒、定、慧"。戒放在第一,只有持戒谨严,才有可能入定,尔后生出觉悟。持戒的过程就是修行的过程。对于菩提心钝然的人,戒是修行的关键。但是,对一个有着大乘根器的人来说,"戒"是法门又是破法之门。所以,唐代的诗僧多,酒僧亦多。饮酒不伤法,这是了不起的人。记得去年我到西安,因为马先生的邀请,我与一位在终南山修行的诗僧相会。谈诗谈禅上了兴头,和尚抓起茅台酒瓶给自己倒了满满一大杯,和我对饮。见我惊愕,和尚笑道:"你是喝酒,我是在喝智慧汤。"一句话洞开心性。那一顿痛饮,至今记忆犹新。

马先生喝酒的经历,与我相仿佛。他的故乡在陕北,我的故乡在大别山,都是革命老区。我们的少年在贫穷中度过,都是从喝医用酒精开始理解什么叫液体的火。成人之后,酒的嗜好保留,又因为时代机缘,我们都先后对佛教产生浓烈的兴趣。马先生给寺庙捐资不少,还恢复了终南山中一座净土宗的祖庭。马先生说,以酒会友,以禅养心,工作之余,乐莫大焉。正因为如此,才有这本《酒趣禅缘》的印行。写到此,我的口也香了,耳畔的梵钟也响起了。

2009年10月18日下午雨中

《我也说红楼》序

自曹雪芹的《红楼梦》问世之后，数百年来，对于这部名著的研究热经久不衰。新中国成立后，更因为毛泽东对这部书的喜爱，而将红学热推到新的高度。他要许世友这样戎马倥偬的将军读《红楼梦》，已成为有名的趣谈。且不说俞平伯、周汝昌这些大家，毕其一生做足了红学文章，就是像王蒙、二月河这样的大作家，亦从《红楼梦》中获益匪浅。他们不但撰写研究文章，还作用于自己的创作而蔚然成象。前几年，刘心武先生在中央电视台《百家讲坛》开讲他的《红楼梦》研究，独辟蹊径而一扫旧识，引来一片哗然以及激烈的争论。《红楼梦》作为中国最大的一笔文学遗产，受到历代读者的喜爱并引发一波又一波的研究热潮，这是很正常的事。对这部书的研究与解读，亦是仁者见仁，智者见智。众说纷纭，莫衷一是，这是一件好事。如果在文学评论中出现独步天下的现象，则说明文艺不是在繁荣，而是在萎缩。

现在，我的案头上又摆着《我也说红楼》这部书稿。作者王新华先生，是新中国的同龄人，他既非皓首穷经的红学研究专家，也非王蒙、二月河、刘心武这样的作家。他出身于军旅，转业后当过公务员，中年以后又效命于企业。三种职业都与文学相去甚远，但他天生有一种优雅的文学情怀。他出版过武侠小说，也出版过企业管理的论文集。近几年来，他又承担起修建武汉天兴洲公铁两用桥长江大桥的重任。胸中锦绣，江上鱼龙，以诗书怡情，枕涛声入梦。进入天命之年后，新华先生的这种生活，既励志，又养心。乐莫大焉。

《我也说红楼》是一部很有趣味的书，作为红学研究发烧友的新华先生,撇开了传统的研究方法,从史湘云与薛宝钗这两个人物入手,分析《红楼梦》中诸位佳人的性格与处世的方式。在他看来,薛宝钗懂进退、识大体,移植于今世,可作为事业上的好帮手。而史湘云端庄贤淑、性格好,若居家过日子,定是一个相濡以沫相夫教子的好女子。当然,他对林黛玉也欣赏,但觉得她那种多愁善感的性格,加之过于敏感,与之相处,虽然有时快乐,但也有生不尽的烦恼。这种女子,无论是搁在家庭还是放诸事业,似乎都不妥当。

新华先生以现实生活为参照,对薛宝钗与史湘云大加赞赏,这不是学院派的考据与索隐,而是立足现实的鲜活学问,他为《红楼梦》的研究,又添了一家之言。

今年九月,建造了五年的武汉天兴洲长江大桥将要举行通车典礼,而这部《我也说红楼》的线装版也将同时问世。事业与爱好两方面,新华先生都向时代以及自己的甲子之年交出了满意的答卷。作为他的老朋友,诚挚地为他感到高兴。

乐为序。

2009年8月18日 于闲庐

《泥土的芬芳》序

在中国近代史中，湖北黄冈是一个人才辈出的地方。黄冈在湖北东部，俗称鄂东，地处大别山南麓。境内既有崇山峻岭，亦有紧傍长江的平原河谷。在这一片文化沃土上，一个世纪之内，诞生过陈潭秋、董必武、李先念、陈再道、韩先楚、陈锡联、秦基伟、李四光、黄侃、熊十力、闻一多、汤用彤、徐复观、殷海涛、叶君健、秦兆阳等各个领域中的伟大人物。他们或为政坛领袖，或为军事名将，或为学术泰斗，或为文艺巨匠。完全可以说，在中华民族的精英谱中，存在一个足以让国人称道的"鄂东系"。

中国有句古话是"英雄莫问出处"。鄂东的人才，既有出自于簪缨世族，也有的出自书香门第。但大多数出身贫寒。由江湖之远而入庙堂之高。每一个成功者，都是在艰难坎坷中完成自己灿烂的人生。本书的作者——我敬重的大姐丁凤英女士，也是一个出自草根阶层的成功者。

1958年，我刚上小学一年级，就听说邻县一位十三岁的小姑娘讲哲学讲到了北京。这在当时是一件极为轰动的事件。那一时期的少年，都单纯而又上进。五岁的我，对那一位到北京向那些大领导大专家汇报学习哲学的心得的大姐姐充满了羡慕。但到认识凤英大姐时，已是二十年之后的事。那时，我因写出政治抒情诗而获得全国首届青年新诗奖，而凤英大姐其时正担任中共黄冈地委书记。

一位小姑娘因为学哲学讲哲学，而从此开始她漫长的政治生涯，即使在不拘一格选拔人才的新中国，也极为罕见。丁大姐二十七岁就担任一个大县的县委书记，二十九岁就担任中共湖北省委常委，其间担任过地委书记、省妇联主任、省纪委书记，而后又担任省政协副主席等多个重要职务。仅在省委常委这一位置上，她就呆了二十九年。

凤英大姐在与我的交往中，很少谈及她的从政经历。在别人看来最值得炫耀的事，也的确算得上辉煌的事，她却很淡然地看待。长时间的身居高位，并没有改变她的平民心态。前年，她从省政协副主席的位子上退下来。重担甫卸，她觉得一身轻松。这年的春节，她独自一人回到乡下故居，住在泥土房子里，关上手机，轻轻松松地享受了一回天伦之乐。她说："每次闻到故乡的泥土香，我就感到充实和快乐。"凤英大姐从政多年，她的经历既是她个人的财富，也是值得后人借鉴的。她很会作报告，每次大会上听她的讲话，总是条分缕析，鞭辟入里；但她更会拉家常，每次闲聊，她都会把你带到精彩的故事中。

有一次，她对我说，她第一次到北京参加全国劳模大会，她没有讲毛主席如何接见，周总理如何设宴款待他们，而是讲她只有五块钱，如何将这五块钱买成有纪念意义的礼物，分送给全村一百多户农家……

她每次讲自己经历过的事情，都很平淡然而也很精彩，听着不知不觉就会入迷。由此我想到我的老师徐迟给我讲的一件事，他因想写孙中山而去采访廖仲恺的女儿廖梦醒，他准备了一大堆问题要问，但见面时发觉他想问的事远没有廖梦醒自己说的精彩。徐迟由此说了一句调侃的话："我采访过很多男士，他们讲话概念多，道理多，大的情节多。而女士不一样，她们讲述生活的细节多，家常多，因此特别生动，也是文学最好的素材。"凤英大姐同廖梦醒一样，讲自己经历的事情都非常鲜活。因此，我不止一次建议她将自己的经历讲出来，稍加整理就是一本很好的回忆录。此类的"口述历史"，让人既有亲切感，又有现场感。凤英大姐一直犹豫，直到退休后的第二年,才下了决心,将自己几十年的人生经历口述出来,然后又根据录音整理成文字。现在,大家看到的这本书,便是她耗时两年的成果。

凤英大姐给自己的回忆录取名为《泥土的芬芳》。并征询我的意见,我觉得这名字朴实,也表现了一位农民女儿热爱土地的真情。于是我表示了同意,并乐意为之序。

2010年9月12日梨园书屋

眼前事与家常话

前不久,一个朋友为他新装修的书房请我写幅对联,我想了想,写出如下两句:

> 大智者关注眼前事
> 真菩萨只说家常话

联是为朋友撰的,但感受却是我自己的。在生活中,从古到今都有一个认识上的谬误,认为凡有大智慧者,都是不食人间烟火的高蹈派,凡是深得般若三昧的菩萨,说出的话都高深莫测。对此,我也长时间深信不疑。但在有了一把年纪之后,见的事多了,接触的人广泛了,才慢慢体会到眼前事与家常话既是任何人都躲不掉撇不开的,亦不是一般人都处理得恰当与说得妥帖的。说穿了,做好眼前事,说好家常话,首先要有一颗平常心。

做人如此,做事如此,行文亦如此。懂了这层道理,我看别人的文章,便看引出他话头的,是不是平常心。

日前,彭玲女士送来她的第二本随笔诗歌集,请我写篇序。此前,她已出了一本《彭玲自选集》。我还在《湖北日报》上读到了对这本书的评论。评者肯定了彭玲的勤奋与才华。当我翻看她新写的随笔与诗歌时,感到评者不谬。但她的写作,似不能从文人的角度去评价。彭玲喜欢写作,但无意当一个职业的文人。在谋篇布局与别开生面上,她并不是特别用心,她只是想用文学的样式,描摹眼前事,说说家常话,字里行间流露的,还是她的一颗敏于事而慎于言的平常心。

刘晓庆说过："做女人难，做名女人更难。"这是过来人说的话，是真感慨。彭玲虽非名女人，但却是一个能干的女人。少女时就当上了公务员，在几个不同的工作岗位上都做出了成绩。如今领导着一个县级市的统计局，在系统内多次获得表彰，在市级机关的女干部中，算是数得着的佼佼者。

读彭玲这个人与读她的作品是两种感觉。她待人热情大方，做事风风火火，看上去就是一个女强人。但她的诗文表现出的却是一颗平常心。自得其乐地唠叨眼前发生的事：如单位评了先进，女儿考取了重点大学，儿时的朋友失而复得等等。有些文章生发感慨，如《顺眼最好》《你的能量在哪里守恒》《聊聊洁癖》等等，也不是逸人的冥想或哲人的玄思，而是对身边的人和事生发的一点点当下的评论。

彭玲的散文，大部分写的是亲情、友情与乡情，有真感情而无大道理。这是纯粹的女人的写作，无关社稷和苍生，却是亲朋故旧和身边的人喜欢听的家常话。当然，我不是称赞彭玲的家常话已达到了菩萨的境界，只是说她的文学状态天然去雕饰，很守本分。

读完彭玲的诗文，会有一个感觉：这个女人是敏感的，同时也是伤感的。在《那些我不愿意知道的真相》一文中，她感慨地说："我的忧伤是我一个人的战争。"读到这句话，我的眼前便浮现出一个总是满脸笑容的女人。心想：她的忧伤在哪里呢？

事实上，淡淡的哀愁是文学的酵母，用好了这个酵母，文学的魅力就会生发，如沈从文的《边城》，如戴望舒的《雨巷》。一个卓然独立的人，尽管刚强甚至倔强，但总有脆弱的一面。作为有事业追求的女人，彭玲是坚强的，但脆弱也是一直深蛰于她的心底的，每当夜深人静，一个人就着孤灯写作时，这脆弱便会演变为淡淡的忧伤。

2011年2月6日（辛卯正月初四）

做一朵快乐的花

——高璨诗集《出尘之美》序

友人自西安寄来一本诗稿,名曰《出尘之美》,作者是个女孩子,叫高璨,读高中二年级。未读诗稿,先看扉页上的介绍,心中就犯嘀咕,一个十几岁的女孩子,在诗歌的写作上,应该处于蹒跚学步的阶段。友人请我为这样一本"习作"写序,岂不令我犯难?但是,当我翻阅诗稿,读到以下的句子:

> 没有一朵花
> 在绽放时,喊出自己的名字
> 没有一只鸟
> 在起飞时,唱出它自己的名字
> 我在山中看到的美
> 起飞前是花儿
> 起飞后是鸟儿
> ——《花·鸟·山路》

我不免惊讶,如此新颖别致的诗句,竟出自一个小姑娘之手。这样的小诗,放在任何一本当代诗选中,都算得上上乘之作。它引起了我阅读的兴趣。于是将选入《出尘之美》中的195首短诗仔细通读了一遍,便产生了点评与借题发挥的冲动。

孔子用"学而知之"与"生而知之"作为人的智力的判别标准。学而知之谓之人才,生而知之谓之天才。在古往今来的诗人中，天才不在少数。我一向认为，没有天赋，纵然饱读诗书，也无法成为优秀的诗人。这乃是因为，诗是借助情感来表述心灵的活动。过分理智的人，即囿于逻辑的藩篱而不敢天马行空的人，写出来的诗大都不见妙谛。回到心灵的本真，就等于回到了无拘无束的生命的本性。在这一点上，诗与禅庶几近之。最好的诗虽然含蕴了哲理，但却不可理喻；它通达了禅意，因而充满了奇思妙想，展现活泼的生机。

高璨的诗，大都表现了以上所说的特点：

昙花，不理解成语
他只是生活在一瞬间、一瞬间
做一朵快乐的花
　　　　——《生活在一瞬间、一瞬间》

月亮如纸糊的月亮
背后只有一小撮火苗映照的纸月亮
不用烤火的人将它掷入火中
自己就燃烧了
那是最初的太阳
　　　　——《纸月亮》

而我如桃花漂在水面
漂在大山的心里
学会爱与柔软
　　　　——《桃花流水》

> 月亮走进小河
> 鱼儿做着梦
> 搭上了月亮船
> ——《海浪要擦出一粒火种》

从这随手拈来的几段诗句中，就可以看出高璨一直生活在浪漫与天真的童话中。人们常说怀春的少女总是最可爱的。此一时期的烦恼，无关生计，无关坎坷；此一时期的憧憬，也无关名利，无关荣辱。高璨既有着少女们共同的那一种浓得化不开的情感，又有着自己独特的内心世界，她的生命完全融化在诗歌里。

高璨的诗歌接近于童话。人们常用"多愁善感"四个字形容才女。但高璨的诗中看不到多愁，善感却随处可见。如果现在就说她是天才的诗人，那肯定是溢美之词，小高璨也担当不起。但说她有诗歌的天赋，则绝非夸饰。她的经历与学历都很短暂，这使得她的诗歌充满了稚气。在稚气与天真中表现诗歌的灿烂，会给人带来格外的美感。在《出尘之美》中，像《上弦月》《有人在轻抚寺院的门》《偶遇》《金色漫过草地》《所有的蝴蝶都像花儿一样飞》《其实蜗牛可以爬得更快一些》《花的小嘴唇》《鸟儿的身影》《静止》《水的流动是一种习惯》等等篇章，都可以看作是高璨诗歌的代表作。它们清新、婉约，是调皮的少女故作深思状的产物。

高璨太单纯了，因此她的诗中充满了渴望而绝无纷争。这是人一生中最美妙的时光。但有时候，高璨的诗中也偶尔透露出另外的信息：

> 坐着车，在围满野花的路上
> 晚霞让天醉了

没有拦下一个漫长的错误
　　——《路上》

我的脑海中
罗列单纯的自然景物越多
悠闲也越多
　　——《我是一个完全闲下来的人》

从这两节诗中可以看出,高璨钟情于自然。这种倾向表明她向往灿烂而又宁静的生活。与同龄人相比,高璨显得更为敏感。不过,我倒希望她做一朵快乐的花,用特有的芳香装饰自己的春天。

2011年12月3日于闲庐

多彩的梨园

洪山区梨园街办事处做了一本《多彩的梨园》的宣传册，介绍社区居民的文化追求与精神生活。嘱我写几句话，因我是梨园的老居民，因此便应允了下来。一是盛情难却，二是的确有话要说。

不知不觉，我在梨园居住已整整三十个年头了。我在这里结婚生子，儿子也在这里成家并为我添了孙子。一家三代，其乐融融。完全可以说，我一生中最为饱满的时光，是在梨园度过的。

二十多年前，我写过一篇《梨园》的散文，赞美梨园的清幽与恬美。那时的梨园，有村落而无街市，春天漫坡的梨花与桃花，秋天铺满泥土路的红叶。我每天出外散步，不用担心车流与人流，喧闹的街市声传不到这里。伴随我的，是摇曳的梨花与鸣啭的林禽。早春，带儿子到院子外的麦地里挑地菜，一会儿就能采满一筐；仲夏，与儿子一起去湖边钓小龙虾，不用一小时就能钓一小桶。每次外出归来，邻居就会问："进城去了？"天色一暗，东湖的梨园大门一带，就很难碰到行人。

那时候，我觉得我住在武汉最美的地方。与一座大湖相伴，与一片片的樟树林相伴，与村落里的炊烟相伴，四时的风物都会让我流连忘返。好几次下雪，我顺着砂石路进梨园散步，渺无人迹，天地间惟我一双芒鞋。那一份萧旷，至今令我怀想。

但是，我们毕竟正在经历"洞中方七日，世上已千年"的生活。改革开放的大潮，让每一个人、每一个地方都深刻地体验到了时代的变迁。我不例外，梨园也不例外。自上世纪90年代开始，特别是本世纪初的这十几年，梨园早已面目全非了。第一，它不再是城郊，而变成了武汉的核心城区，自天河机场到水果湖的武汉大道从梨园穿过，这是武汉市内环的第一条风景大道；第二，村落没有了，处处矗立起时髦的大厦；第三，田野消失了，一条条新建的街道连缀起智能风景。车水马龙代替了蜿蜒小路，流光溢影代替了鸟语花香。

对于这日新月异的变化，我既排斥又兴奋，既惆怅又向往。这复杂的心情来自我诗性的心灵与理性的观瞻，城市化进程带来的诸如交通堵塞、环境污染、人心不古等等文明病，让我感到种种的不适应，但城市的发达所提供的便利生活，灿烂的人文与丰富的科技让我怡然自得，心向往之。

应该说，没有武汉城区的拓展，便没有梨园街办事处，更谈不上有这本《多彩梨园》了。梨园社区的增加与扩大，使得很多热爱文学艺术的人士住了进来，这使得一些文化名人成了社区的一道风景，加上梨园周围历来就是知识分子密集区域，这类人群的精神与文化需求较其他人群要大很多，也高很多。有鉴于此，我个人认为，二十年前，多彩梨园对应的是美丽的自然风光，而在今天，梨园的多彩对应的应该是丰富而灿烂的文化生活了。

作为梨园的居民，我希望我们的社区越来越有生机，越来越有诗意。

2011年12月12日 西安芳林苑

怀念老水手

上世纪80年代，是中国文艺界的春天，更是湖北文艺界的春天。很多位国内乃至国际著名的作家艺术家引领着湖北的文坛与艺坛。作为当时的青年作者，我与诸位老作家接触甚多，像姚雪垠、徐迟、骆文、碧野、曾卓等，均对我扶持甚多，提携犹力。三十余年过去，每每念及，仍心存感激。数年前，这五位老作家相继作古。在当下这种喧嚣与浮躁的世情下，追思他们的峭拔风骨与藻雪情怀，难免怅然若失，产生了"此情可待成追忆，只是当时已惘然"的哀叹。

前几天，曾卓的夫人薛如茵老师给我电话，言卓老去世已十年，作为未亡人，她想为卓老出一本纪念文集，希望我能写点什么。我爽快地承诺下来。这是因为卓老是曾经影响过我的文学生涯与人生品质的前辈，纪念他是我的分内之事。

我是上世纪80年代中期认识卓老的。之前只是见过他而没有机会交往。其因是我在省文联当专业作家，而卓老在市文联，除了会议，省市文联之间平常见面的机会不多。加之我是小字辈，对他这样饱经风霜且又载誉既久的大诗人，虽然心仪，但若无攀援之决心，想熟络起来绝非易事。1985年，省作家协会与省文联分家单独建制并举行了首次选举，在这次选举中，卓老与我都当选为副主席。这才有机会与卓老近距离地接触并感受到他的深厚的人文素养与和蔼可亲的谦谦君子的魅力。

湖北作家的隔阂，似乎由来已久。即便是在上世纪的文艺春天里，大作家们固然能做到和衷共济，但往往也不能做到泰然相处。因为性格、经历、文风等诸多因素的差异，让作家们难以肝胆相照，甚至有时也会生出龃龉。譬如作协单独建制后的那次代表大会，徐迟老提出的主席人选是碧野和曾卓，他与这两位老作家谈话时我均在场，但最终选举的结果是骆文。记得选举结果公布后，徐迟很生气。他见了曾卓劈头就问："这结果你满意吗？"卓老笑着说："骆文同志长期担任文联的领导工作，作协单独建制，他来当主席是合适的。一，他有资源，二，他也有能力。"徐老听了以后便不再说什么了。因为卓老的明智与淡泊，一场眼看就要发生的危机被化解了。徐迟与骆文，都是我的恩师，他俩闹起来，我这个当学生的夹在中间很难受。事后，徐迟老对我说："曾卓这个人，手上有一支彩笔。"想了想，又补充一句："骆文手上也有一支彩笔，今后，他应该多写作品。"文学对于徐迟，不是爱好，不是工作，而是信仰与宗教。他从不轻易表扬人，从他口中说曾卓与骆文手中都有一支彩笔，这是很难的。当我将这句话分别告诉曾卓与骆文时，两位老作家的脸上都绽出开心的笑容。从这件事情上，我看出三位老作家高贵的人品。他们可以闹意见，但绝不勾心斗角，更不会膨胀自己。就像曾卓那样舍弃私利而对骆文作出中肯的评价，可见其冲虚淡泊的胸怀。这件事让我印象深刻，也对我日后的做人起到了积极的作用。

从兹，我与卓老的交往多了起来，每次见他，我都执弟子礼。那时候，我的身份是诗人，对他这样德高望重的老诗人，我的期盼很高，总希望他在写作上传一点真经给我，而他每次总是笑着与我谈读书心得。我曾问过他是在什么样的状态下写出《悬崖边的树》那首名作的，他不假思索地回答我："诗是内心情感的真实流露，你可以很有智慧，很有灵气，但若没有深刻的感情经历，甚至是苦难，你就难以写出好诗来。"如果读过卓老的所有作品，就会理解这段话的内涵。记得他去世的前两年，在他生日的那天晚上，我们在汉口的一家小咖啡馆里为他庆祝寿辰。席间,应我们的要求,他朗诵了在他最困难的时候写给薛如茵老师的诗,当念到"你敢牵着我的手,穿过蔑视的人群么?"我的眼泪夺眶而出。这种从巨大的苦难中诞生的至深至诚的感情,只有像我这样也经历过坎坷的人,才能深切地体会。

上世纪90年代,我曾离开过文坛一些日子,那期间我与卓老的交往日见频繁。用过从甚密四个字也毫不过分。我成了他位于鄂城墩的家中的常客。下海经商,我几乎与文坛隔绝,但始终与徐迟、骆文、曾卓三位老师保持着深厚的师生之情。1996年,我想回到文坛写作我酝酿既久的长篇小说《张居正》,徐迟表示不赞成,他认为我可以写作,但不应该回到文坛。而骆文、曾卓两老都表示赞同。当《张居正》第一卷《木兰歌》出版时,徐迟已经仙逝,骆文与曾卓二老都在极短的时间内看完第一卷。至今,我的相册里还保留有一张卓老在他的书房里翻阅《木兰歌》的照片。他说:"可惜姚老(指姚雪垠)走了,没有看到你的这本书。他若看到,一定会惊讶!"在我孤独写作的时候,这句话是对我极大的鞭策。那期间,我正筹备出版我的第一本旧体诗词集《闲人诗稿》,请徐老与卓老都为我写了序言,但诗集出版时,两位老人都已作古。

卓老有一本诗集,名为《老水手的歌》。这名字对于卓老的人生来说,是再贴切不过了。他就是一位在生活与诗歌的海洋中,驾驶着生命之舟勇往直前的老水手。把苦难与辛酸留给自己,把爱奉献给亲人与社会。他生命中最后的遗言是:"我爱你们"这四个字,与弘一法师的遗言"悲欣交集"有异曲同工之妙。伟大的感情落到实处,总是朴素无华的。

2011年12月18日夜

《孙叔敖》序言

通过作家圈内朋友的介绍，我应邀为这本《孙叔敖》写序，当时接到书稿看到书名时，我就忍不住惊讶：敢写春秋楚国史的孙叔敖，胆子可是不小呢！

为什么这么说呢？因为，第一是人物主角虽然在史学界很有名气，但是跟海瑞这些被描写得广泛的人物相比，在民间的知名度相对不高；第二是孙叔敖所处的年代，春秋早期的楚国，遥远而模糊。铁血的战争，动乱的政治，遥远的年代背景，复杂的阶级分布和模糊的民俗人情，这些本身已经是非常难以驾驭的元素。更何况写春秋楚国的历史小说，除了一部《屈原》之外就鲜有作品。众所周知，屈原有浓厚的民间传说为基础，而且是战国时期人，年代比起春秋早期晚，各方面资料全，难度相对要小得多。描写春秋早期楚国历史的，恐怕最多见的就是蔡东藩的演义小说里有部分章节，而当代的小说作品里，不仅孙叔敖这个人的故事不多见，就连与楚国相关的故事也寥寥无几。正因为没有参照物，难度系数大，辉煌奇诡的楚国历史和人物，渐渐湮没于岁月。

本书的作者，不怕坐冷板凳，专门把这个题材挖掘出来，这需要多么大的勇气！

书稿搁置在案头，我一直没有时间去阅读，心里也带着那么一点漫不经心。现如今，历史被很大一部分人用漫画的方式，穿越的思维弄得面目全非。所以，历史小说表面上看热热闹闹，但经得起时间检验的，并能长久引起人们阅读兴趣的小说是凤毛麟角。面对这种局面，我不得不感叹，在这个浮躁时代里若要写出好作品，作者必须要具备忍受寂寞与抗拒功名诱惑的巨大勇气。

一天夜里，我终于静下心来打开了这本书。

一翻扉页，看到了作者的名字——曹雁雁，更是吃惊：这还是个女作家呢。赶紧给作家朋友打电话一问，才知道曹雁雁这么年轻，一个年轻的女作家写这么厚重的历史小说！我们有很多女作家写的历史小说都非常不错，但是题材一般局限于后妃之类。当然，这样的题材自有一番唯美浪漫，细腻柔婉，也是非常适合女性写的题材。但一个年轻的女作家，如此直截了当、干净利落地写一个男性历史人物，在中国内地的作家中，我确实是头一遭遇见。

不得不感叹，河南是一块神奇的土地，不仅山川秀美，更是历史人文圣地。河南人是有魅力的，兼有中原文化的厚重与淮河楚文化的浪漫飘逸。曹雁雁现在已用自己的实力向大众展现了河南人的魅力！

当我翻开小说阅读之后，庆幸自己没有草率下结论，基本上我是一口气读完这部小说的，我被小说深深地吸引住了。

小说的质量超过我的想像，虽不能用十全十美来形容，但它是新生代作家里颇具诚意的一部作品。曹雁雁对描写的这段历史及人物下过很深的工夫，对楚文化作过刻苦的研究。小说有历史的纵深感，有文学的生动性，有丰富的想像力。晦涩的历史事件变成有血有肉的故事情节，清晰而曲折地展现在读者面前。

孙叔敖的一生绝非"廉吏"二字可以囊括，而楚庄王也绝非一个"霸主"能概全。我觉得曹雁雁最具诚意的一点是，没有用高、大、全的套路去脸谱化这些人的一生。人是复杂的综合体，人性是最微妙莫测的东西。廉吏并非生来是廉吏，霸主也非一蹴而就获得成功。他们要不断地去掉不适合自己的东西，不断地挣扎探索，最后成就独立的人格。懦弱和勇敢虽然矛盾但从来都是并存的，正是因为不断犹豫后的坚强才显得尤为动人。

如果这本小说，仅仅是以歌颂的笔调去书写一代廉吏的清廉，我想这个孙叔敖与那个史料上机械的记载是无甚差别的，孙叔敖仍然不会在历史中复活。但是看了这部小说之后，我的心里已经刻下了一个鲜活的人，原来孙叔敖是这样的长相，这样的性格，这样的处事方式。笑的时候如何，哭的时候如何，作为臣子如何，作为百姓如何，作为兄弟如何，作为丈夫又如何。他为什么能保持着独有的廉洁，彪柄史册，原来如此！

我非常庆幸能从曹雁雁的笔下看到一个与以往不一样的廉吏，了解了历史上记载的这个历史人物的立体形象，为什么说他辅佐楚庄王施教导民，宽刑缓政，发展经济，政绩赫然。主持兴修了芍陂（今安丰塘），改善了农业生产条件，增强了国力；了解了为何司马迁在《史记·循吏列传》里列其为第一人；了解了为何孟子在《生于忧患，死于安乐》写到"孙叔敖举于海"；了解了为何毛泽东要说他是中国第一个水利专家。

在抒写历史的同时，作者也擅于任用闲笔。作者经过实地采访，展现了淮河两岸的风土人情，细腻的笔触让一部浑厚的史诗巨作拥有了别具一格的清新。我们不但在一片泛滥雷人的风花雪月中，看到了一部史料详实，下笔严谨、对白考究的历史小说，同时，我们通过孙叔敖的一生，也感受到了楚文化的精美、曼妙、诡谲和浪漫的魅力！庄王的称霸之路是"精英"启用朴素庶民的胜利之路，楚文化的繁荣，是平民中文化精粹的集中，楚文化的价值观正是今日需求的价值观。在精英崛起的当代，孙叔敖的朴素与回归是今日浮躁社会气息的一支稳定剂。

衷心希望作者越走越远，并诚意向广大的读者推荐此书，让我们一同感受中华民族第一循吏的人生轨迹。

《这里是崇阳》序

几天前,徐雁冰先生送来他主编的《这里是崇阳》一书,通读之后,不免让我生出了一番感慨。

少年时读王勃的《滕王阁序》,对"物华天宝,人杰地灵"这八个字印象深刻,便禁不住探问,什么样的地方可以当之无愧地用这八个字呢?后来读陶渊明的《桃花源记》,便觉得其景其境,庶几近之。但转而一想,物华天宝之地,绝不会"民之老死不相往来"。直到涉世日深,见的地方多了,才感到物华天宝还比较容易做到,盛世之中国,所有的鱼米之乡,繁华都市,都可以此称誉。但地灵人杰却诚非易事。时下中国所有的风景区,可谓钟灵毓秀,但彼处的人才却未见辉煌。换言之,地灵是自然的指标,人杰是文明的结晶。二者互彰其胜,方为上善之区。以此衡量,巴蜀不少,江浙犹多。至于两湖,含英咀藻,亦藏有不少的洞天福地。

存此观点,我对自己的故乡,便蓄聚了特殊的情感。湖北的大风景,西北多于东南。但湖北的灵秀地,东南多于西北。大风景中,自然胜于人事;灵秀地里,少见鬼斧神工。但恬淡的自然中,地多山水佳趣,人多楮墨风流。徜徉其中,常令人流连忘返,迷不知终其所止。

《这里是崇阳》这本书,介绍的就是崇阳县的山水佳趣与楮墨风流。湖北历史悠久,现存建置的一百多个县中,多半都是千年老县。崇阳县的建置,更能追溯到两千年之外,走进那一片土地,恐怕每一步都会踩到历史。幕阜之阳,隽水之阴,既藏芜野的天籁,又是人文的富矿。许多唐诗的意境,在生发它的地方,已杳然无寻。但在崇阳还可以找到,如"竹喧归浣女,莲动下渔舟",如

"松风吹解带,山月照弹琴",如"开轩面场圃,把酒话桑麻。"等等。岁月嬗递,朝代更易,崇阳的县名变过,县治变过,管辖的区域也变过,但弥漫在它山水间的诗意,却是从来也不曾变过。境内点缀的诸多名胜,诞生的诸多人物,或闪耀于眼前,或流传于口碑。佛语"一花一世界,一叶一菩提",用来形容崇阳的人杰地灵,应为允当。

研究地球的结构,会发现不可思议处。大凡地下矿产丰富的地方,地表要么是沙漠,寸草不生;要么是气候恶劣之地,让人难以生存。而地下无矿藏的地方,反而茂林修竹,绿水青山。崇阳的地下没有石油,没有天然气,也没有煤炭和稀土。因此这里的民众无法靠矿山资源吃饭,但它的不幸处正是它的有幸。当风景与人文成为下一轮发展的有效资源时,许多渴望亲近自然,探求心灵的人就会来到这里,指着烟岚氤氲的冈峦说:"到了,这里是崇阳。"

2011年8月29日夜于南昌

《天南地北英山人》序

大约二十年前,我领一位北京朋友到我故乡英山县的桃花冲踏青。在大山深处一个只有几户人家的小村里,他看到每一户人家的大门上都贴着自撰自书的春联,不免感慨地说:"没有想到这么偏僻的地方还有这么好的文墨,你的家乡不可小看。"十年前,我又领了几位作家朋友到吴家山避暑,游过大别山主峰天堂寨及被称之为荆楚第一谷的龙潭河谷之后,一位作家情不自禁地对我说:"你有一个值得骄傲的家乡,水光山色,人文风俗,样样俱佳。"

我相信朋友们对英山的评价不是出于奉承,而是由衷的感受。因此让我非常高兴。

英山地处大别山腹心地区,是湖北最东的一个县,也是黄冈市最小的一个县。在漫长的岁月里,由于交通闭塞,英山不能开风气之先。但是,正是由于交通闭塞,英山又保持了风俗之淳。

在中国的古代,存在于民间的最淳的风俗莫过于耕读传家。种田与读书,既是物质生活的方式,也是精神生活的方式。一代又一代的英山人,莫不陶醉于"南瓜粑、苋子火,除了皇帝就是我"的田园生活。他们自得其乐,很少有非分之想。但是,无论是贫贱还是小康,家乡父老都尽最大的努力,让自己的孩子读书进学,成为知书达理之人。这就是我的故乡为什么到现在,在物欲横流的形势下,依然保持着重文尊教的乡风。

既无通邑大都的便利,又无攀龙附凤的可能。从古至今,读书便成了英山人走向广阔世界的唯一通途。改革三十年进入新时期以来,中国的变化目不暇接,时代的发展日新月异。通过读书与参军乃至打工走出英山的人才,较之过去,已成喷涌之势。部长与将军，院士与作家，教授与巨贾，几乎每一个重要的领域里，都有英山人的身影。功成名就者，尚在扬鞭奋蹄；艰苦创业者，犹自克难奋进。成就虽有大小之分，但吃苦耐劳，不事张扬的乡风却激励着每一位外出创业的英山人。

数年前，我曾写过一首诗送给乡友："回首英山山隐约，寸心常逐白云飞。乡情醉我情何似，簇簇林花入翠微。"共同的乡音，共同的乡情，让每一个英山人都能用自己的真诚温暖对方。不管何时何地，故乡挂念着每一位远方的游子；而每一位游子也因为拥有一个共同的故乡而心存感激。

2011年12月5日

《长河落日》序

早在今年春上,陈秋芳就把一摞打印的书稿送给我,请我闲暇时读一读并为之写一篇序言。我当时应允了下来,却不知杂事如此之多,拖到仲夏二伏天,秋芳电话告之出版社已经将书稿付梓,就等着这篇序言了。这才促使我暂摒俗务,摊开书稿通读一遍。殊不料这一读,竟产生了评介的冲动。

这部书稿以晚清名臣张之洞督鄂时发生的历史事件为经,以武汉百年来城市发展的沧桑巨变为纬,勾勒出张之洞变新求强的改革史与武汉这座城市的变迁史。融史迹于故事之中,寓思考于证史之内。字里行间可以看出作者下过的苦功,褒奖贬抑,都有见地。

自1840年鸦片战争之后,晚清朝廷的名臣审时度势,挽救大清危局且做出事功的汉人里面,只有不多的几个人,像曾国藩、左宗棠、刘坤一、翁同龢、李鸿章等等。张之洞侧身其中,亦称翘楚。无可讳言,作为晚清朝廷的股肱大臣,张之洞的政绩与事功,最让人称道并青史留名的,当是在湖广总督任上创造的。

一个人在何处、何时做下何等辉煌的事业,冥冥之中仿佛有天意指引。记得我那年去苏州,看到市中心繁华之处,立有伍子胥的巨大雕像,且老城许多街巷的名称,也与伍子胥有关。苏州百姓说起伍子胥,莫不都表示崇敬之情。可是在伍子胥的家乡湖北,恨他的人却比爱他的人多得多。究其因,就因他是楚国人,最后却帮助吴国成为南方的霸主,并一度灭过楚国。因此,他成为吴国的英雄却被楚人视为仇敌。这段公案过去了两千余年,争论一直不息。

张之洞与伍子胥不可类比,但有一点两人却是相同的。他们都远离家乡在异地建功立业,且都让一座城市获得新生。伍子胥之于苏州，张之洞之于武汉，在历史上，都是美谈。

在漫长的历史中，武汉三镇互不统属。江南武昌乃省城，汉阳有汉阳府，汉口一直是渔港和滩涂之地，三镇合为武汉，历史尚未超过二百年。产生大武汉的契机，应该是汉口开埠。

汉口开埠的始作俑者是英国人，时在1861年3月。兹后，法、俄、美、德、日等西方列强十七个国家纷纷抢滩汉口设立租界。开埠的前三十年，汉口主要是外国人的通商口岸，华中乃至西南的大量土特产通过这里转输国外，众多洋货也通过这里抢占中国内陆市场。将外国人在武汉的"独角戏"变成中外互动的"二人转"，则是在汉口开埠后的二十八年，即1889年张之洞出任湖广总督之后。

陈秋芳的这部书稿，即是从汉口开埠写到张之洞督鄂十八年。笔锋追处，既稽古钩沉武汉的沧桑往事，又以缅怀先贤的心态描摹张之洞的卓越人生，并探讨其对辛亥革命乃至后世的影响。历史画卷，卷舒自如。书名《长河落日》，亦可窥见作者对已逝历史的追思。

说实话，陈秋芳能写出这部书稿，多少有点出乎我的意料。虽然在企业工作，他却一直是个文学爱好者。此前，我读过他的一些散文，无论故乡人事，还是生活感悟，都是质朴儒雅。没想到，他竟能将文笔转换为史笔。可见在繁忙的工作之余，他能够摒弃各种耗费精力与时间的应酬，回到书斋静心研究史籍并发而为文。这种人生态度，是这本书质量的保证。

2011年7月27日夜灯下

秋天的歌手

一

> 秋分不是秋风
> 秋分被两滴露水夹在中间
> 左边是白露
> 右边是寒露……

读到这样的诗句,我们读到的不仅仅是机智,更是季节更替中的心灵感受。

我们常说,好诗不会被埋没。这是诗人宽慰自己的话。事实上,古往今来,被埋没的好诗太多了。当下世纪,文学的力量日渐削弱,即便是阅读面有限的畅销书中,也从不见一部诗集上榜。不是诗人整体地蜕化,而是因为对财富的渴求让我们远离了抒情时代。此情之下,许多优秀的诗人便不为大众所知晓,写出上面这首诗的金所军就是其中一例。

二

认识金所军是一个偶然的机会。去年金秋时节,文艺报主编阎晶明先生给我打来电话,言山西省屯留县有一个麟绛论坛,想请我去作一场讲演。如果我同意,他就把我的电话告知对方,屯留县的领导会与我联系。尽管那段时间我的活动已经排满,但阎先生第一次给我牵线,我没有回绝的理由,于是应允。不一会,屯留县委组织部长就将电话打了过来，商量我去屯留的时间与讲演的题目。几天后，到太原机场迎接我的就是这位组织部长，他给了我一张名片，这才知道他叫金所军。

说实话，当时我对金所军诗人的身份毫无所知，只知道他是麟绛论坛的组织者，已当了五年的县委组织部长。在其任上，他用心推广大学生村官的工作，选拔了两百多名大学生担任全县百分之九十多行政村的村官，这些村官在稳定农村基层政治、带领农民致富、发展山区特色经济上起到了很好的示范作用。正因为如此，屯留县委组织部多次获得中央及省市各级领导的表彰。"屯留模式"成为全国大学生村官工作的典范。

仅从此一点看，就知道金所军当官是很用心的。不属于那种夸夸其谈不做实事的干部。事实上，他的确"敏于行而讷于言"，给人的印象是低调、沉稳。既不属于那种不怒而威的强者，亦不属于交浅言深的文人。我在山西呆了四天，他陪了我四天。除了讲演，会见大学生村官，还游览了太行大峡谷与壶口瀑布。交谈中，每言及人事，他三缄其口；说到风物民俗，他娓娓道来，有时还会眉飞色舞。

在黄河瀑布，我由此去西安，他回屯留。分手时，他从车上拿出两本诗集双手递给我，似乎有些不好意思地说："这是我写的两本诗集小册子，请老师批评。"

到这个时候，我才知道他是诗人。

三

自那半个月后，我在武汉居住的闲庐内，早上起来闲翻杂志，在最近一期的《十月》文学期刊上，我读到了这样的诗：

>　　初秋在去往深秋的路上
>　　经过七个村庄，七个小小的村庄
>　　不远不近 立秋 处暑 白露
>　　秋分 寒露 霜降和立冬……

这首名为《初秋在去往深秋的路上》，开头一段就把我吸引，看了诗之后再看作者的姓名，金所军三字映入眼帘。立刻，我脑海里浮出了那位在壶口瀑布与我惜别的精瘦瘦的县委组织部长。没想到这位朴实得如同大学生村官的年轻人（他1970年生人，用时下眼光看，还算是年轻人），竟有这么细腻而又淳厚的诗的感觉。直到这时，我才想起他送给我的两本诗集，于是翻捡出来读了下去。

读到《秋，或者秋后》：

>　　秋，或者秋后
>　　是一幅图画，徐徐展开
>　　从晋东南，路过晋中，直到晋北
>　　屯留的老农民砍倒玉米
>　　秋天便短了……

《秋分》这首诗的最后一段：

>　　这天，父亲的心比秋风更凉
>　　葬了老绵羊，父亲咳嗽了一声
>　　担起一担结霜的柴草返回家中
>　　走到半路歇息了一下
>　　顺便把左肩的伤心换到了右肩膀上

在金所军写出的诗篇中，像这样别致而又冷隽的叙述不在少数。由此我不得不感叹，在金所军憨厚而又平实的表象下，竟隐藏了一颗如此敏锐的诗心。

金所军出生于世代农家，家乡在五台山之侧。后来又长期在太行山的腹心地带工作。他对三晋大地的风土人情了如指掌，对农村的热爱可谓与生俱来。按诗歌的分类，完全可以称他为乡村歌手。但被他珍藏于心的乡村，并不仅仅是亲情与五谷的诞生地，更是他灵魂与理想的归宿。在《江山》这首诗中，他这样吟唱：

> 如果江山是一首歌
> 我就用沙哑的嗓音反复吟唱
> 虽然五音不全
> 我愿意把江山
> 在这个清晨唱响
>
> 江山如果是一个女人
> 我就在江山的身边躺下来
> 让所有的愿望都躺下来
> 熄灭一切梦想
> 只倾听她的心跳

读到这样的诗句，仅仅用才华来形容是不够的，诗中表现出了作者对江山的挚爱。这里的江山，既可喻之为乡村，又可喻之为祖国。在金所军的诗篇中，从来没有对于祖国的空洞的感慨，而乡村的人事，乡村的景物却随处可见。

四

　　读完金所军的诗集,掩卷深思,我的脑海里竟跳出了诗句"采菊东篱下,悠然见南山"。将陶公的隐逸之兴与金所军忘我工作的热情相比,显然不妥当。但是,为何金所军的诗篇让我想起陶公的名句呢?细究起来,还是因为金所军的诗中写了太多的秋天。陶公的采菊东篱,亦是秋天的绝唱。比之远古的隐逸诗人,金所军诗中表现的不是自身关于秋天的感受,而是农民对秋天的把握与期待。

　　诗人对周围的景物较之常人要敏感得多。金所军在秋天获得的感受,是如此的热情而丰富,有的甚至互相抵触,看《霜降》中的两节:

>　　二旦目睹霜降来了,秋色淡了
>　　他的老娘也没了
>　　霜降的早晨
>　　刚把母亲与他父亲合葬在一处
>
>　　一株草的霜降
>　　和一片山坡的霜降
>　　都在村庄附近的田野俯着身子
>　　天冷了　它们哈着气挤在一起

在《这个深秋的午后》中,描述又不同了:

>　　这个深秋的午后
>　　蓝瓦瓦的天空看不见一只鸟
>　　明亮　安静的下午

一个人披着纯棉的秋色赶路
　　阳光撕下天空的蓝布帘俯下身来
　　把沾满风霜的叶子晒亮
　　把山坡晒暖
　　把黄土扬起
　　把羊肠小道晒干　把风晒远
　　把匆匆赶路的人晒得小步慢跑起来

　　一个赶路的人
　　在这个深秋的午后
　　走不出一片明亮的蓝

　　上面的诗，一首冷隽让人品味伤痛；一首热烈让人享受高远。所以说，金所军给我们描述的秋天，属于故乡，属于生活，它没有经过诗人的雕琢和粉饰，而是原生态的呈现。所以，我更愿意称金所军为秋天的歌手。

　　金所军深爱农村，深爱农民，深谙农事。中国的县级政权，十之八九，服务的对象都是农民，很难想象，一个对农村与农民缺乏真情实感的县级领导，能够在自己的岗位全身心地为农民办好事，办实事。从金所军的诗篇中，看不出有任何一点对周遭事物的诞妄与夸饰。在许多人看来，诗人非狂即狷。金所军既不狂，也不狷。存活在他诗中的感情，是忧患，是悲悯。有了这样一种感情，便有了一种明确的生活态度。有了这样的生活态度，我们完全可以期待：金所军可以既是优秀的官员，又是出色的诗人。

2011年2月7日（辛卯年正月初五）于闲庐

一条文化的河

我为什么写散文

一个人要想改变单调乏味的生活，最好的办法便是旅行，那些异域的风俗、陌生的风景，会给你带来感官的兴奋以及完全不同的精神体验。

当然，这旅行也有两种：一是在大地上，二是在历史中。大地上的旅行，既有风物，也有风景；除了风俗，更有风情。耽于其中，你不但可从南方的小桥流水中，体会温婉、静谧与浪漫；更可在北方的坦荡原野上，品味磨剑的黄河与侠士的幽燕。历史中的旅行，情感的世界往往更加复杂。无论是荆轲的匕首还是怀素的羊毫，是项庄的舞剑还是嵇康的古琴；是辋川别业的夜半清风还是东林书院的朗朗书声；是郁孤台的怆吟还是菜市口的鲜血，莫不都在刺激我的神经，检验我心理承受的极限。

熟悉我的朋友们都说，近十年来，我好像脱胎换骨变成了另一个人。年轻时我满肚子的不平之气，好像时刻都会爆裂炸毁我自己。1982年，我写过一首诗。其中有这样的句子："如果人民给我一枚雷管，我的诗歌就会爆炸；如果人民给我一支牧笛，我就有吹奏不尽的柔情。"奇怪的是，那时候，好像满世界都在给我送雷管，而没有什么人给我送来牧笛。在这种状态下，我觉得"愤怒出诗人"是至理名言。尽管我的老师徐迟在给我的诗集《藉地上的樱桃》写的序中明确指出："我们常说诗是战斗的武器，并不是真把诗当做一件砍杀的家伙。"他对我当时的创作提出了委婉的批评。但是我听不进去，每天进入创作，就像战士进入壕沟那样。

愤世嫉俗似乎是文人的特质，因为我们总是习惯在第一时间对周围发生的事情作感性的发言。并且自认为这就是忧患，这就是对生活负责的态度。等到我四十岁之后,年龄使然,促使我对自己走过的人生进行反思。这种反思持续了几年时间,因为一个缺乏阅历的人,是没有能力进行反思的。所谓阅历,包括人生的经历和书本知识两个方面。

谢天谢地,进入中年以后,一是因为有了一点积蓄,可以满足我到世界各地旅行,二是我喜欢上了历史。我的生活,便在两种旅行中交叉进行。1996年波黑战争期间,我们到了贝尔格莱德,看到饱受战火蹂躏的城市与人民,我忽然感到,此刻,我作为一名中国人是何等的幸运。因为写作《张居正》,我研究了大量明史典籍,当我看到晚明的嚣乱以及山河破碎骨肉分离的景象,便对古人"宁作太平犬,勿作乱世人"的呼号有了深刻的理解。由此对当下的生活,我不但产生了感激,更产生了责任。

表达我的这种反思,散文比之小说与诗歌,来得更为直接。这就是我近年内,在写作《张居正》之余,还写了这么多散文的原因。可以说,散文帮我完成了人生的反思。所谓脱胎换骨,就是我的写作动力由恨变成了爱,由愤激变成了宽容。这并不是说,我从此漠视社会上丑恶的东西,而是愿意用积极健康的方式,来审判这些丑恶。

2006年8月11日上午匆草

我的散文写作

我的散文写作，是中年以后的事情。年轻时写过，但写着写着就变成诗了。以我个人的创作经验来看，诗是感情的产物，小说是阅历的产物，而散文则是经验的产物。年轻人感情充沛，但缺乏生活历练，因此不是写作散文的最佳年龄。古之散文，佳作如云。如《滕王阁序》，佳则佳矣，但若细究，尚不是真正意义上的散文，而更像一首抒情长诗。相比之下，《前赤壁赋》与《后赤壁赋》则更加隽永冷峻。究其因，乃因王勃写作《滕王阁序》时还是一个二十几岁的年轻人，而苏东坡写作前后赤壁赋，已经四十多岁。其人生已经历很大的坎坷与曲折。年轻时，大都"为赋新诗强说愁"，到了中年，便"欲说还休"了。

人生的经验，如窖藏的美酒，越陈越香。发乎为文，思情理者得情理，追性情者得性情，窃以为经验之谓，涵盖阅历、学养、智识、感悟诸方面。唐宋之际，诗词大兴，散文亦大兴。唐宋之后，散文承诗词之风雅，日渐成为中国传统文学的正脉。读唐宋明清诸大家的散文，无不感到他们人生的鲜活，该忧患的时候忧患，该享乐的时候享乐，无掩饰，无滞碍，腴者自腴，枯者自枯。

上世纪后半叶，在中国大陆，散文佳作不多。究其原因有二：一是传统文化的衰败；二是士大夫阶层的消失。士大夫的概念，与法国人所尊崇的公共知识分子，庶几近之，但又不尽相同。公共知识分子是社会道德价值判断的尺度与坐标，而士大夫的涵义更为广泛，他们不但是社会良知的体现，更是优雅生活的倡导。千百年来，士大夫为中国的政治续命，亦为中国的文学传承。但因政治的原因，这一阶层在五六十年间迅速地瓦解和萎缩。这是导致散文干瘦的直接原因。此一时期，台湾的散文写作较之大陆要好一些，盖因中国传统文化的薪火在宝岛没有断绝。但局促的地域与生活的扁平化，亦影响了台湾作家的写作深度与广度，使之不能发出黄钟大吕之声。

上世纪90年代末，散文在中国内地复兴，但写作队伍参差不齐。其间虽国力增强，财富丰饶，但新的士大夫阶层并未形成。闲雅者太少，而闲雅，恰是中国散文的传统。

我的散文的写作，缘于我的另一个爱好，即好读历史。进入历史之后，明显的感觉是视野的扩大。当下的懊恼与欢乐，用历史这把尺子来衡量，便知道它的真实性与合理性。阅读之深，感悟亦深。援笔写下，便是自抒胸臆的文章了。

感谢远流出版社的同仁，让我自选一本散文集出版，使我得以机会与台湾的读者们交流。我在大陆已出版六本散文集。此次我只挑出历史散文的一部分结集，乃是因为我对这一部分散文的偏好。古人云"登山则情满于山，观海则意溢于海"，这种状态，反映了作家的心智。一千个登山者，会有一千种不同的感受。我乐意而为的事情，就是记录自己的感受。这过程对应的不是智慧，但智慧在其中。

2008年8月28日 于武汉

灯花带梦红

今年，四川文艺出版社为我出版的《熊召政选集》中，新增了一本《闲人诗稿》，其中收录的是我自1970年开始，到去年为止的三百余首旧体诗词。这本书较之我其他的作品，应该说最具有私密性。因为写作时未曾想到要出版。故"天然去雕饰"，没有任何矫情的东西。我将《闲人诗稿》分送友人，反应都还不错。邵燕祥先生看过之后。特别来信谈了读后感。他说："从你的诗作中，看出你始终在入世与出世之间挣扎，难为诗人了。"这句话可谓一语中的。大概在我的少年时代，就记住了"大丈夫达则兼济天下，穷则独善其身"这句话。从二十岁走到五十岁，我似乎从未"达"过，故不可能兼济天下；但似乎也没有彻底"穷"过，故也未能真正地独善其身。这种生活状况，可谓欲进不得，欲罢不能。

我十九岁时写过一首五绝，题为《待晓》：

疾鹰衔月去，灯花带梦红。
夜雨关窗外，愁人待晓中。

按理说，十九岁正是贪睡的时候，可是我那时却经常失眠。我十七岁下乡当知识青年，斯时在山里头呆了两个年头，过了七百多天的披星戴月的生活。可是我仍看不到一点希望。难道我要在这山沟沟里当一辈子农民吗？这样一个问题像梦魇一样在我心中挥之不去。所以，在那些深山的雨夜里，我这一个十九岁的愁人，躺在床上睁着眼等待天亮。

这种等待的过程，似乎贯穿了我的整个青年与中年。出世与入世的挣扎，不但体现在我的诗词中，同时也体现在我的散文中。

由于各种报纸副刊的需要，我当作家以来，特别是近两年来，写了不少的千字文。说实话，短文章比长文章难写。刘晓庆说过一句话："当女人难，当名女人更难。"在此套用之，则可说："写文章难，写短文章更难。"须知在精短的篇幅内，要展现文采的斑斓，这尺水兴波的功夫，谈何容易！幸亏我是诗人出身，虽不能裁山织锦巧夺天工，但毕竟还能锻炼词藻笔探烟霞。不知不觉，这种千字文竟也写出了八十多篇，又可凑集为一本书稿了。

这些短文内，既有时政的述评，也有人生的感怀；既有文友的酬答，也有自然的恋情。入世之文，免不了心雄万夫意气生发；出世之文，摆不脱山水流连闲庭心事。今日重新来看，诸多写作时的情景又历历在目。在我的写作生涯中，留下这些雪泥鸿爪，只当敝帚自珍了。

2006年7月13日于武汉

历史的富矿

有一次，在京城与著名明史专家王春瑜先生晤谈，他说："现实中诸多问题，都可在明史中找到答案，可谓读了明朝就明白。"我笑道："若单单以明朝论明朝，倒是有许多令人匪夷所思之处，或可说读了明朝不明白。"王先生听罢一笑，回道："这两个立论都站得住，你我各持己论，写一本随笔加以阐释如何？"我觉得这建议不错，于是拉拉杂杂写了十几篇明史札记，并以《读了明朝不明白》为题目，在贾平凹先生主编的《美文》杂志上开辟了专栏。而王先生亦以《读了明朝就明白》为题，在大连的《城市美文》杂志上开设专栏，如此东西呼应，诚文坛雅事也。

去年受《美文》杂志邀请，去西安访问，平凹先生笑着说："你的这些明史札记，实际上都是你写作《张居正》时剩下的边角余料，如今再派上用场，用另一种面目出现，实在很好。"他的判语下得很对。这部书的出版，实乃是我的长篇历史小说《张居正》的副产品。

虽说是副产品，是指运用的史料而言。若就文章的锤炼以及思考的指向，本书则另有气象。

却说在《美文》杂志开了《读了明朝不明白》的专栏之后，便有不少出版社前来邀约洽商这本书稿的出版。出版家与作家之间，从来就是一种共生共荣的关系。但某一本书与某一家出版社合作，则完全出于机缘。2005年12月，我应广东人民出版社之邀，前往广州参加岭南书香节并在广州大学城演讲，得以结识该社诸位领导以及同仁，发觉他们中的大部分都是学历史出身，顿时大感亲切。便决定把《读了明朝不明白》交由他们出版，并越俎代庖，一并将王春瑜先生的《读了明朝就明白》交给了他们。因为这两本书虽题义相悖,但旨趣相同,放在一起出版,可方便读者品鉴。

近两年来,我因忙于将《张居正》搬上荧屏,不但编剧,而且还承担了总策划的任务,所以每感时间不够用。本来可以多写几篇文章,让这本书显得更厚实一些,但实在分身无术。加之王先生早已成书,也不好意思让他精美的书稿老是一壁向隅,于是只好匆促交稿。

我曾说过,大凡历史悠久的国家,国民都有嗜史的习惯,中国人也不例外。一个人只要稍稍有了一点阅历之后,就会产生程度不一的"历史情结",这是历史小说在读书界大为走俏的原因。近几年,读史札记之类的书,亦在书坊间流行。但是,窃以为,此类书中,志史者多,识史者少。明代是中国历史中的一个富矿,它不但是中国专制文化的鼎盛期,更是资本主义萌芽阶段市民社会的生长期。深入其中,进行发掘与辨析,对今天的社会,借鉴的意义尤大。

2006年5月18日记

读了明朝不明白

一

上世纪90年代初,当我萌发了创作长篇历史小说《张居正》的念头时,就有朋友劝诫我说:"你进入明史研究可得当心,那可能让你交上霉运,吴晗的《海瑞罢官》是毛泽东发动文化革命的导火索。"朋友的话有几分道理,长期以来,明史研究中的禁区甚多。究其因,乃是因为明朝的社会形态,与今天的相似之处甚多。由于意识形态的缘故,许多阐微搜剔的工作,便不能畅快地进行。但我觉得朋友的担心是多余的,社会毕竟在前进,许多禁锢正在慢慢地融化。

可以说,四十岁前,我对明朝的历史茫然无知。民间传说"朱元璋炮打庆功楼"以及永乐皇帝诛杀方孝孺等等故事,都是在我少年时代接受的明史熏陶,它使我对朱明王朝的印象极为恶劣。我进行长篇历史小说《张居正》的写作,开始静下心来,作了五年明史研究。首先是研究嘉靖、隆庆、万历三个时代的断代史,且由政治而旁及其他。随着研究的深入,我思维的触角开始向上下延伸。说老实话,大量的阅读并没有让我产生快感,相反,许多疑惑像梦魇一样在我的脑海里挥之不去。

审视中国数千年的历史,追溯那些已经逝去的王朝,我们不难发现,每一个王朝由兴盛走向衰落,规律大致相同。王朝创建者的智慧与能力,对社稷的领悟,对苍生的关注,决定了他们创立制度的动机以及管理国家的能力。孟子说"吾养吾浩然之气",养气不但对于个人,对于一个国家来讲,也至关重要。

汉语是象形文字,研究每一个字的组成,就会惊叹中华民族的祖先是多么的睿智。例如"病"字，丙加一个"疒"傍组成了病字。丙是天干十字中的第三字，按五行来讲，丙属阳火，丁属阴火。阳火一旺，人就会生病，《易经》乾卦中第五，辞曰"亢龙有悔"，这个亢龙，就是阳火旺盛的飞龙，它虽然翱翔九天，引得万人瞩目，但它已经是一条有病的龙了。以此类比于国家，即是盛极而衰的开始。

  一个人要想终生不得病，第一养生要义就是去除体内的火气。一个国家也是这样，要想平稳发展，第一要素也是要避免"走火入魔"。这祛火的过程，就是"养气"的过程。

  一个人的精气储于肾囊，一个国家的精气则蓄于精英。因为古往今来的历史反复证明：精英是社会发展的引擎。读者或许要问："你这么说，把苍生百姓置于何处？殊不知，得民心者得天下。"话是这样说，但民心的落实，还得靠精英做他们的代言人。皇帝——精英——百姓，这三者若能有机地统一，则国家稳定，社会和谐。这虽然是现代政治的理想，但此一观点的提出，却是中国古代的哲人。是贤人在朝还是贤人在野，是古人判别政治是否清明的一个重要标准。贤人，即是我们今天所说的精英。一个国家、一个政权，要想养出自己的"浩然之气"来，首先就是要培植和善待精英阶层。

  毋庸讳言，当今之世精英的含义已经恶俗化。一些富商、名人、政府工作者被视为社会精英，而广泛受到追捧。但老百姓（也就是弱势群体）并不买他们的账。因为他们身上并不具备精英人物的三个前提：道德自律，忧患意识与担当精神。我之所以将精英比之于贤人，是因为古代的贤人，其地位仅次于圣人。比之达人、才人有着更高的影响力。圣人是指出人类生活方向的人，贤人是推动社会进步的人。圣人书写人类的历史，贤人书写社会的历史。所以说，贤人在朝就政治清明。

观诸明朝，我不能不感到沮丧。因为历史的机缘，农民出身的朱元璋依靠武装斗争夺取了政权，创建了大明王朝，由于朱元璋狭隘的农民眼光，他几乎从一开头就排斥精英。尽管从他留存下来的各类谈话与谕旨中，我们看到一个"思贤若渴"的圣君形象。但实际情况是，他眼中的精英，实际上是能够替他管理国家的各类专才。在明代的制度创立中，他过分相信自己的道德判断。这个在田野与寺庙中度过童年与少年、在战场上度过青年与壮年的皇帝，几乎不具备宽广的历史视野。苦难与杀伐的经历，使他的性格粗鄙化而缺乏作为统治者必备的儒雅。这样一来，他始终对读书人怀有猜忌与仇恨。终明一代，只有两个读书人获得封爵，一个是刘基，被封为诚意伯；一个是王阳明，被封为新建伯。这两个人，是典型的贤人、精英，但他们的受封，不是因为他们的道德学问，而是因为他们的军功。

比之朱家后代皇帝的昏庸，朱元璋的确称得上是一个英明君主。他的"亲民"思想表现得非常突出。这民，并不是国土上所有的臣民，而主要指的是农民。他订立的国家制度，其出发点就是保护农民的利益。对士族，他多有压制；对商人，他是侮辱大于鼓励。

今天，我们可以说朱元璋管理国家是"意气用事"，但在当时，所有为他服务的官员莫不将他的圣旨奉为圭臬。朱元璋按自己对精英的理解来选拔官员，其结果是，官员的选拔制度成了逆淘汰，即奴才都走进了庙堂，而人才则终老于江湖。精英若想进入朝廷为官，首先得培植自己的奴性。

尽管从一开始，明朝就发生了制度缺陷这样的悲剧，此后又爆发一次又一次社会危机，可是，它为什么还会将政权维系长达276年之久呢？

在所有的不明白中，这是最使我不能明白的问题。

二

在各种明代的典籍与笔记中，我们经常会看到一些互相抵触的记述。这本书上记载：南京城中的两位年轻人，因为违反了朱元璋颁发的穿衣的禁令，私自在裤腿上镶缝了一道红布作为装饰，而不得不接受铡断双腿的残酷刑罚；而另一本书上则记载了又一个穿衣服的故事：明中叶以后，随着朝廷纲纪的松弛，南北二京，出现了不少的服妖。其时，朝鲜的马尾裙在北京甚为流行。一条马尾裙的价格，数十倍于苏杭出产的最好的丝绸。因此，拥有一条马尾裙，不仅仅是财富的象征，也是身份的象征。有一位官阶二品的工部尚书，不惜花重金买回一条马尾裙，倍加宝爱。三年来，只要在公众场合上看见她，身上必然穿着这一条马尾裙，即便上朝觐见皇帝也不例外，在京师传为笑柄。

穿着马尾裙上朝与穿一条用红布镶了裤脚的裤子，前者显然更加怪异。但是，前者的招摇过市，仅仅只是留下笑柄而已。而在一百多年前的南京，那两位被砍断双脚的年轻人，却给明朝初期的历史，留下一股淡淡的血腥。

实践是检验真理的标准，其实，时间也是检验真理的标准。纵观人类的历史，在漫长的岁月里，并不是以真理为坐标来规划自己前进的方向的。找到真理然后又丧失真理，然后再寻找……如此循环往复，时间往往能校正一个王朝的错误，同时，也可以让某一个统治集团颠覆自己的理性。

尽管明朝帝国的创立者朱元璋，从一开始，他的理性就不大靠得住。但他的朴素的农民感情以及农民的智慧，或者说农民的狡猾，使他创建的明朝制度有非常明确的指向：即一切为了巩固朱家的皇祚；一切为了底层百姓的实际利益。不过，他对农民的感情，仅仅局限于让他们得到休养生息的机会，享受田野的牧歌。在政治以及个人自由领域，他始终保持高度的钳制。他厌恶商人，痛恨城市的流民，小时候的苦难经历让他终生不能消除"仇富心理"，这样一些心态让他的治国方略获得了底层百姓的支持，所以开国之初，国家呈现出一派生气。

但朱元璋的错误在于，他将"民"与"士"对立起来。孔圣人从治国的角度讲述过一句非常经典的话，叫"惟上智与下愚不移"，由此，他得出结论："民可使由之，不可使知之。"因为这句话，古代的当政者，津津乐道的一个词是"驭民之术"。把老百姓当做牲口一样来驾驭，这是一种盛气凌人的专制的表现。朱元璋尽管亲民，但他并没有放弃统治者的傲慢。而且，他还将这种傲慢从民众移植于士族。中国的"士"，主要由读书人组成，不同于今天的是，古时的读书人，多半是有产阶级。因为，他们不但是知识的拥有者，亦是贵族精神的体现者。在漫长的历史中，特别是春秋战国时期，"士"作为独立的社会阶层可以对皇权起到抑制与抗衡的作用。我认为，"士族政治"亦可称之为贵族政治。这种政治的特征是讲求社会的稳定，人格的尊严。自秦政之后，贵族政治在中国已基本消亡。皇权的专制淹没了一切。但是，无法表达贵族政治意愿的"士"，却一直以个体的方式存在。当他们的理想诉求一次次遭受残酷的打击后，他们被迫退而求其次。"学好文武艺，售于帝王家"，自觉降格为统治者的驭民工具，这是民族的悲剧。所以，后来的"士"，已无复春秋战国时期那种鲜活的贵族精神。

但是，不管士人的精神如何受到扭曲，毕竟，中国贵族精神的薪火还在他们中间流传，这也是历代王朝的统治者最不放心的问题。唐与宋两朝，中国的士人尚在政治舞台上发挥较大的作用。尽管他们的政治想像力已大大萎缩,但在治理国家时,他们还可以表现自己生命的激情。到了明朝,入仕的读书人连唐宋的遗风流韵都不敢奢望。朱元璋只希望在他的国度里出现大批的工具性的人才,而并不愿意看到与"政统"抗衡的"道统"成长起来。思想者在他的眼中,只能是瑟缩的檐雀而非翱翔九天的鲲鹏。

立国之初,朱元璋深感治国的人才奇缺,有一天他找来中书省(后来被他废掉这一相当于宰相府的机构)的大臣,对他说:"自古圣帝明王建邦设都,必得贤士大夫相与周旋,以至成治。今土宇日广,文武并用,卓荦奇伟之士,世岂无之?或隐于山林,或藏于士伍,非在上者开导引拔之,则在下者无以自见。自今有能上书陈言敷宣治道武略出众者,参军及都督府俱以名闻。若其人虽不能文章,而识见可取,许诣阙而陈其事,吾将试之。"

这一类的话,朱元璋讲过很多。单看官方的史籍中留下的圣谕,我们会觉得朱元璋是一个非常尊重人才的圣君。但实际情况是,帮他运筹帷幄打下江山的三大士人朱升、刘基和宋濂,没有一个落得好下场。此后的解缙、方孝孺,以及明中期以后的张居正、戚继光、李贽、袁崇焕等等,有谁不是在历史中留下悲惨的结局呢?

朱元璋喜欢用奴才,这是不争的事实。在拙著《张居正》中,我曾借张居正的口说过这样一句话:"当奴才不要紧,怕的是只当奴,而没有才。"明朝历代官员,有不少奴性十足的人。对这种人,窃以为亦不可一概否定。套用一句现代术语:"所有的商品,都是为市场准备的。"购买者的意愿决定了商品的价值。奴才的最大消费市场永远在皇帝那里。

单论奴才,品种不一样,在皇帝那里得到的信任度也不一样。单纯只有奴性,虽可见宠于一时,终因不能办成什么事情而遭到遗弃；奴性多一点而才能少一点，可当皇上的家臣；奴性少一点而才能多一点，皇上会对他"限制使用"，不到"挽狂澜于既倒"之时，断不会受到重用，王阳明、张居正便属于此类。皇帝最喜欢的一类，便是奴性与才能俱佳的人。这一类人，亦不可一概而论。他们既可成为干臣，也可能成为猾吏，关键看他个人的操守与奴性的表现。为社稷而奴、为苍生而才，是不得已的选择；为皇室而奴，为私利而才，才应该被钉在历史的耻辱柱上。

永乐皇帝有一次对他相信的大臣说："某某是君子中的君子，某某是小人中的小人。"他是从人品操守的角度来评价，这两个人都是他依赖的股肱。他并不因为某某是君子而特别重用，某某是小人就弃而远之。这种泛道德的用人观，再次说明明代的皇帝们的"痞气"与"匪气"，他们缺乏贵族的高尚，导致政治的进一步恶俗化。

三

从历史的角度看，秦始皇横扫六国统一中国，虽然功不可没。但中国政治的拐点亦自他手中产生。此前的中国政治，是士的政治，亦可称为贵族政治；此后的政治，是皇权的政治，亦可称为专制政治。这种皇权的专制，在明清两朝达到极盛。辛亥革命推翻帝制，应该是中国政治的又一个拐点，从专制走向民主共和。但是，它过多地依赖西方的文化资源，而忽略了春秋战国时期的士的政治，因此并不成功。

产生于春秋战国时期的中国文化的元典精神，是健康的、明朗的、积极的、鲜活的。自秦政之后，这种精神遭到无情的扼杀。魏晋时期的文人，试图恢复去时未晚的贵族精神，但是，强大的皇权阻止这种理性的回归。自那以后,中国再也没有出现"道统"的领袖。在明朝,虽然王阳明的心学曾经影响了几代知识分子,但终非惊醒梦中人的黄钟大吕。

  四十岁前,当我不了解明代历史的时候,我对现实生活的观察与思考,往往找不到解释的根据。甚至将西方的民主自由作为坐标,来衡量我们的政治生活。现在看来,这是犯了"右派幼稚病"。首先要认识清楚,民主与自由虽然是关联的,但不能等同起来,这是两个不同的概念。春秋战国时期的贵族政治,虽然没有民主,但却是自由的。明朝之后,个人的自由遭到空前的摧残。从朱元璋创立明朝的1368年算起,到中国历史的另一个拐点,推翻清朝帝制的1911年为止,这五百多年间,中国人的心灵一直是在压抑、扭曲之中。除了皇帝之外,没有任何一个中国人活得有尊严,有安全感。走进明朝,仿佛走进了由宦官、特务、佞臣与小人组成的专制统治的博物馆。不是那两百多年间没有精英人物出现,只是这样的精英,只能当明代政治舞台上的配角,但在悲剧的舞台上,他们却是主角。

  以上是我在研究明朝之后而产生的思考,它不见得准确,但却是我无法回避的一些问题。至今我仍在努力,想把那些不明白的东西弄明白,但这样做非常困难。就像一个外科医生,他可以熟悉一个人的骨骼和脏器,但是,他无法进入这个人的神经系统。

2006年4月8日匆草

话说三国的战争

在现代文明社会中，政治的最高形式是民主。但在漫长的历史中，政治的演绎过程往往伴随着战争。巅峰杀戮不能称之为人类的嗜好，但却是解决政治纷争的最为简捷的方式。翻开古今中外的史书，这样的记载不胜枚举。

如果我们试图分析和归纳一个战争的年代，用以启迪人们对历史的思考。那么，最为合适的案例应该是东汉末年的三国时期。按历史学家们的划分，这一时期起自公元189年董卓攻入洛阳劫持汉献帝到长安，终于司马炎成立晋朝，并于公元280年消灭吴国，前后九十多年时间。

在那九十多年里，政治的主要体现形式是战争。因此可以说，那是一个诞生了许多战争神话的时代。生在盛世的人们，不会憧憬那个时代，但我们可以从中汲取作用于我们生活的一些经验和教训，并引起我们对历史与政治的思考。

那个时代，因为是用战争来定义人们的生活，所以，我们会看到一些不愉快的场面，例如：混乱代替了秩序，残忍代替了和谐；当然，也有一些积极的表现令我们向往，例如：智慧代替了权威，英雄代替了小人。

啊，说到英雄，今天的人们对这一称谓加了很多前缀，什么财富英雄、文化英雄、道德英雄、科技英雄等等。这导致英雄泛滥。在历史的记忆中，英雄是特指那些叱咤风云、鏖战沙场的人物。在三国时期，这样的人物多如雨后的春笋。无论他们的出身是高贵还是贫贱，是优雅还是粗俗，是统帅还是谋臣，是将军还是士兵，无一例外，他们都是战争这部巨大机器中的有机的一部分。正是因为他们，政治成为智慧的结晶，战争上升为一门艺术。

不过，有一点值得说明，战争是乱世的产物，而乱世，又恰恰是英雄辈出的时代，三国便是这样的一个时代。由于英雄，由于战争，我们记住了这个时代。今天的中国，几乎很少有人不知道三国的故事。但是，对三国人物的褒贬，我们受到了《三国演义》这部小说的巨大影响。大凡历史悠久的国家，国民都有嗜史的习惯。希腊人是这样，俄罗斯人是这样，印度人是这样，中国人更是这样。但一个国家有一个国家的历史观，一个时代有一个时代的历史观。既然今天的中国人对三国人物的褒贬深受《三国演义》的影响。那么可以说，关于三国的历史观，我们受到了明代人的影响。《三国演义》作者罗贯中生活的明朝，是一个英雄渐渐退隐，而名士开始受到追捧的时代，平淡的世俗的生活让人追求的不是理想而是刺激，不是英雄的信史而是神怪的志异。

这种生活信念的变化，乃是因为自从洪武皇帝朱元璋开国，一直到万历皇帝时期，两百多年间，大部分国人没有经历过战乱。和平使人幸福，和平也让人丧失忧患。我猜想罗贯中创作《三国演义》的动机，一定是想唤起国人对英雄的记忆。

罗贯中尊崇刘备而贬损曹操，对刘备集团的文臣武将进行浓墨重彩的歌颂。这种历史观虽然受到了《三国志》陈寿的影响，但却走得更远。罗贯中这一思想的形成，也可以归根于明朝的意识形态。朱元璋立国之初，便精心打造了两根精神支柱来撑起他的帝国大厦。这两根支柱，一根是忠，一根是孝。万历初年的首辅张居正曾写过一副对联：一等人，忠臣孝子；两件事，读书种田。可以说高度地概括了朱元璋的思想。

忠臣孝子，是朱元璋要求他的子民仿效的楷模。以这种道德标准衡量，曹操则属于乱臣贼子，而刘备因为是皇室的族裔而被认为是国祚的当然继承者。罗贯中虽然唤起了人们对三国英雄的记忆，但是，他对三国人物的褒贬，亦受到了明朝人忠孝观念的影响。我不是说忠孝有什么不好，只是想说明，任何好的观念，若强调到绝对的地步，一定会走向它的反面。

现在，我们要重新走进三国的历史，便首先要摆脱罗贯中与陈寿的影响。譬如说，三国的战争，官渡之战也好，赤壁之战也好，它们堪称战争史上的经典。但若从政治的层面揭示其意义，就不难发现，它们都是为了统一中国而战，绝没有一场战争是为了分裂我们的国土。

我与《长江文艺》

1973年,我的第一首长诗《献给"十大"的歌》,发表在《湖北文艺》上。这是我第一次在公开出版的刊物上发表作品。当时,我还是一名下乡知识青年,只有二十岁。《湖北文艺》的前身是与共和国同龄的《长江文艺》,"文革"早期被迫停刊。1973年复刊,更名为《湖北文艺》,"四人帮"粉碎后,再恢复到《长江文艺》这个刊名。

我很小就喜欢文学。进入初中后,便开始在图书馆里读各种文艺杂志,读得最多的四份杂志是《人民文学》《收获》《诗刊》和《长江文艺》。记得破四旧时,学校图书馆的各类藏书都被当做封、资、修的东西遭到火焚。我偷偷从中抢出两本书,其中一本是《长江文艺》1964年的合订本。我下乡时,曾将这合订本带在身边,里面的每一篇文章,每一首诗歌都不止一次读过。后来,这个合订本在借阅中丢失,曾让我痛心不已。

因为我是湖北人,又对《长江文艺》印象深刻。所以,当我得知《湖北文艺》复刊后,便立即投稿。《献给"十大"的歌》是我的第二篇投稿。我投的第一篇稿叫《梨沟春早》,是两首小诗。后来也于1974元月号在《湖北文艺》刊出。应该说我是一个幸运的人,两次投稿全部刊发,只是次序颠倒了一下。因此我和《长江文艺》的感情由此建立了起来。

1973年时的《湖北文艺》的诗歌编辑,是沈毅和欣秋同志,两位都是资历深厚的谦谦君子。特别是欣秋同志,对我鼓励与指导甚多。后来,诗歌编辑又多了两个年轻人,刘益善与李铁柱。现在,他们也不年轻了。益善是个优秀的诗人,执掌《长江文艺》已经十余年了，每每看到他已经谢顶的苏格拉底式的脑袋，我就感叹岁月流逝太快。

我与《长江文艺》的关系，最值得提起的，不是我的处女作的发表，也不是我曾担任过这份杂志的副主编（当时的主编是徐迟），而是我的获奖诗作《请举起森林一般的手，制止！》发表在《长江文艺》1980年的元月号上。

1978年12月，党的十一届三中全会召开后，文艺界率先吹响了思想解放的号角。在拨乱反正清算"文革"极左思潮给中国带来的巨大浩劫中，我写出了《请举起森林一般的手，制止！》这首诗。那时，既没有电脑，也没有复印机。我将该诗的手抄本寄给了刘益善。当时文联与作协并没有分家。《长江文艺》还是省文联最重要的刊物。王淑耘同志是刊物的主编，欣秋同志是诗歌组长，益善与铁柱同志是编辑。在他们之上，还有一个老诗人骆文，他当时的职务是文联党组书记。当我的诗稿依次经过益善、欣秋、淑耘同志的批阅、送审，最后到了骆文同志的手上。骆老看了我的诗后，让欣秋同志通知我即速来汉与他相见。

今天，从武汉到我的老家英山的车程超不过三小时。当时可得坐整整一天的长途车。记得严冬的一个薄暮，欣秋同志将我领到首义路93号骆文、淑耘夫妇俩的临时住宅兼办公处。骆老询问了我写作此诗的一些情况，诸如创作动机、素材来源、对时局看法等问题。谈了大约两三个小时，最后骆老说："我们准备将这首诗发表在明年《长江文艺》的元月号上，这首诗的名字我给你改了一下。"说着，从办公桌的卷宗上拿出一张纸，上面写了一行字"请举起森林一般的手，制止！"。我原来的诗名叫《致苏区人民》，在骆老的建议下，成了这首诗的副标题。

该诗发表之后，在读者中引起巨大反响，批评与赞扬的声音都很强烈。在主编王淑耘的安排下,《长江文艺》以《诗的光荣》为题,对这首诗进行了长达六期的大讨论。刘岱、欣秋、吴旭凌、刘益善等编辑部的领导和编辑也在各种不同的场合宣传和推介这首诗作。还在讨论进行中的时候,这首诗就获得了1979—1980全国首届中青年优秀新诗奖。

虽然在后来的岁月中,我写出了更多的甚至影响更大的作品,但是,我的处女作与成名作都是在《长江文艺》刊发,因此,完全可以说,我是从《长江文艺》走出来的作家。

2008年12月15日匆草

《让历史复活》序

近几年来，受一些大学及各类论坛的邀请，我先后作过数十场的讲演。内容涉及历史、文化、政治与文学。我演讲的习惯，是事先从不准备讲稿，只是拟出一份简单的提纲，到现场再作发挥。这样做的坏处是思维不严谨，对所阐述的话题缺乏逻辑上的周密；好处是心到口到，无拘无束，往往会灵光一现，擦出思想的火花。

回想起来，我之所以选择作家这个职业，并浸淫于历史而乐此不疲，实在与我念初中时的两位老师有关。这两位老师一教语文，一教历史。他们讲课的共同特点是幽默而又有激情。他们常常脱离课本，作信马由缰的自由发挥。学生们时而忍俊不禁捧腹大笑，时而激情澎湃心向往之。用舌灿莲花来形容他们的授课，也许誉之太过，但他们的确有情景再现的功夫，引起课堂上讲听之间的情绪互动。每次他们讲课，逃学的现象就不会发生。

童年与少年，是一个人渴求知识而又易被引导的阶段，由于这两位老师的引导，我爱上了文学与历史。那时候，如果有"脱口秀"和"模仿秀"一类的电视节目，相信会有人撺掇我朝这个方向发展。但那时中国没有电视。课余时间，我模仿两位老师的授课惟妙惟肖，成为同学间逗乐的必备节目。在很长一段时间里，我并不知道语言是一种天赋。在下乡插队期间的知识青年宣传队里，我经常出演相声和小型话剧，并且小有名气。以致第一个给我提供参加工作机会的是省曲艺团，接着就是省话剧团。但是我拒绝了。大约在十二岁那一年，我就确定了我的人生理想。我想当一个作家，而非一个演员。

作家是一个永远都不能重复自己的职业。画家可以永远画一群虾子、一匹马；歌唱家可以永远唱同一首歌。但作家不能永远只写一部小说或一首诗。作家的艰辛在于此，作家的乐趣也在于此。艰辛的深度也决定了作家的高度。这艰辛可以见证一个作家获取人生阅历与学养的全部过程。阅历是一个作家的人生际遇。杜甫说"文章憎命达，魑魅喜人过"，他用自己的坎坷证明了一帆风顺的人不可能写出风雷激荡的大文章。而学养则是作家的立身之本。一个作家靠什么来滋养自己的灵魂？用什么来培植自己的独立思考的能力？惟其书也。读各种各样的书，读很多很多的书，是一个作家必须要做的事情。阅历与学养，是作家的两翼。作家思想的高度，决定他作品的深度；他的文化视野的开阔度，也决定了他作品的广度。

由于以上的这些原因，讲演也成为我文学的一种表达方式。中国古代文人，以孔子为代表的"述而不作"是一类；以李白、曹雪芹等"作而不述"是一类；还有以朱熹为代表的一类是"既述又作"。沿袭至今，这三类文人仍同时存在。我有幸成为第三类，不为特别追求，而是天赋使然。

收入这本集子中的十七篇讲稿，十二篇为演讲，五篇为访谈，全部根据录音整理，感谢作家出版社及编辑杨德华先生，为我辑为一册付梓发行，让读者能够了解我文学的另一面。

2008年11月15日 于上海

《中国小记》序

自2002年岁暮写完四卷本长篇历史小说《张居正》后，到现在近六年的时间，我极少写诗，更没有写小说，而是以写作散文与随笔为主。

记得二十三年前，我陪恩师徐迟前往黄州东坡赤壁游览。在二赋堂前，他问我："你知道《前赤壁赋》多少字？《后赤壁赋》又是多少字？"我一时愕然回答不出。迟老责备我："你当了作家，怎么连这个常识都不知道！"我当时脸色骤红，始终语塞。迟老接着说："《前赤壁赋》总共644字，《后赤壁赋》短一点，449字，少了195字。但《前赤壁赋》比《后赤壁赋》写得好。我曾经想试着改《前赤壁赋》，试了多少年，仍一个字也改不动。这是真正的字字珠玑。你写文章，恨不得上午写完了，下午就拿去发表，不肯养。一个孩子也得十月怀胎呢！文章就是你的孩子，你要养，要优生优育。我现在坚持写短文章，只有短小了，才可能成为珍珠，成为钻石。"

这一席话，对于我来说，是真正醍醐灌顶。往常，只记着刘勰在《文心雕龙》中所说："登山则情满于山，观海则意溢于海。"认为这是物我相融的妙境。但认真分析《前赤壁赋》之后，我才悟到，这"满"和"溢"，是指情感的饱满度和喷发的状态，并非文字的宣泄和语言的狂欢。至此，我开始注重短文的写作。

近六年来，随着人生阅历的丰富以及生命体验的复杂，当然，也因为各地报刊的约稿，我的散文的写作有了一个小小的高潮。我侧重写千字文，力争在短小的篇幅内，写出宏阔之美与隽永之境。此类写作，首先要追求言之有物，尔后是言之有味。言之有物，则必须见的事儿多；言之有味，却须得情理说得透。至于何处点到为止，何处欲说还休，则关乎学养和感悟。东坡先生说"厚积薄发"，这是短文写作的不二法门。

　　应中国海关出版社之约，我选了五十余篇短文。名曰《中国小记》，编辑出版。取这个书名，其意在"小记"二字上。中国之大，沧桑变化之巨，倾其东海水以书之，犹不足以表现，然我只能小处着墨以记之，惟愿能短中见长，让读者品出一些滋味来。

2008年8月12日　武汉梨园书屋

关于三国的话题

2007年是我的旅游年,尽管我爱好旅游,但让我拿出差不多九个月的时间在旅途上奔波,这也并非是我的选择。事实上,我的旅游尽管是快乐的,但却是被动的;尽管是丰富的,却是劳累的。因为拍摄《风云三国志》这一部大型历史专题片,我带着摄制组八位同志,分驾两台车,走过黑龙江、吉林、辽宁、内蒙古、山西、陕西、河北、河南、四川、重庆、云南等十一个省市,行程两万三千余公里,采访了数百处三国遗迹。

一路上,我们探访了很多古战场、很多消失了的城市遗迹、很多三国名人的纪念建筑、坟茔以及一些新造的三国旅游景点。可以说,在中国的历史长河中,没有哪一段历史像三国那样,让国人如此津津乐道。三国的历史不足百年,但留下的遗迹,仅被属于全国以及省、市三级文物保护单位的,也有将近千处。这么大的数量,为国内仅见。

在采访过程中,我们也碰到许多有趣的问题。如三国时期最重要的人物曹操、刘备、孙权,都没有像样的纪念祠,特别是曹操,纪念他的古建筑,连一处都没有。在洪湖乌林,我们看到当地农民在他的兵败处砌了一间纪念他的草庙,简陋不堪。但是,关羽与诸葛亮两人,留下的纪念性建筑,每人都有上百处之多。像洛阳关林、当阳的关陵、成都武侯祠,汉中的武侯墓、南阳的武侯祠、襄樊古隆中等等,都是全国重点文物保护单位。五丈原的诸葛亮庙等,也都是省级文物保护单位。去年十月,我们去五丈原的时候,正好是诸葛亮的生辰。那一天秋雨绵绵,凉意加深,我依次看过五丈原上保存的诸葛亮多处遗迹。然后,应五丈原武侯祠管理人员的邀请，赋诗一首以作留念：

> 一自卧龙离去后，蜀水巴山响杜鹃。
> 归辇犹闻笳鼓壮，卷戈谁抚铁衣寒。
> 苍天不遂英雄志，大地空留烈士篇。
> 难信金瓯能久缺，陇头司马定中原。

第三天，我们又来到汉中勉县的定军山。诸葛亮死于五丈原，遗命葬于定军山。看过他的松楸森森的墓冢之后，又应主人的邀请，泼墨挥毫写了一副对联：

> 兖州、荆州、益州，一生事业千秋相
> 隆中、汉中、关中，半世功名五丈原

前面的诗，是对诸葛亮的凭吊和感叹。后面的联，是对诸葛亮一生的总结。诸葛亮二十七岁出山，五十四岁死，所以说他是半世功名。而他毕生事业都是想辅佐蜀汉政权，完成统一中国的大业。从这一点上说，他是一位了不起的"千秋相"。

我想，中国人对关羽与诸葛亮的肯定，实际上是对"义"与"忠"这两种传统美德的仰慕。关羽之义、诸葛亮之忠，都是国人感情上的依附与寄托。这两个人的功过是非，从历史角度评价与道德角度评价，存有很大的差异。历史中的真人与被纪念的神人，也有极大的不同。在历史中，三国时期最伟大的政治家，应该是曹操，无论是对诸侯割据局面的控制还是在选用人才上，甚至在文学词章中，他都有着卓越的建树。但在民间的道德记忆中，他却成了"奸雄"的代名词。所以，后人便没有兴趣去纪念他。大凡以天下为己任的人，总是把事功放在第一位。为了完成自己的理想，甚至不择手段，这样，道德上便难免有欠缺。这样的人，在一个同情弱者、道德至上的品鉴系统中，便不会占到任何便宜。

  类似于以上的这些令人深思的文化现象，在我的三国主题旅游中，经常会碰到。一个人一旦进入了历史的误区，如果不慎之又慎，一定会迷不知终其所止。

2008年4月17日 匆草

《三国的战争》序

一

我对三国的研究，缘于一次偶然的机会。大约是前年冬天，我的老朋友、北京电视台副总编辑，同时兼任北京紫禁城影业公司董事长的张强先生打电话给我，希望我帮忙看一看《赤壁大战》的剧本。其时，这部由著名华人导演吴宇森先生执导的电影大片，虽然尚在筹备阶段，但已在媒体上炒得沸沸扬扬。北京电视台作为投资方之一，亦在造势上推波助澜。张强先生是影视圈中名人，他策划的"红楼选秀"活动，使得大型电视剧《红楼梦》在开拍之前，就已悬念迭起，引起社会广泛关注。出于友谊，我不能推托张强先生的请求。剧本很快发到了我的电子邮箱。仔细看了一遍，我给张强先生回电话说："吴宇森先生的这部《赤壁大战》，给观众带来的是一个艺术的三国，若以历史真实的标准来衡量，则还有一段距离。"张强询问我，能不能就一些历史真实问题给出具体的意见。我说这不大好办。因为从剧本中我看出吴宇森先生的创作意向，他要用好莱坞大片的叙事方式来取悦于当下的观众。他是用美国的胃口来消化中国的历史。若一定要用"历史真实"这一命题去要求，则这部电影可能没有拍摄的必要。

我以为这次谈话之后，这件事情就算了结了。谁知过不多久，大约是去年春节之后，张强先生约我来到北京面谈，提出他们出资，请我做一部关于三国的纪录片。这让我颇费踌躇。因为，这时易中天先生的《品三国》自中央电视台"百家讲坛"栏目播出后，已经红透全国。我再做一件与他相同的事，不但意义不大，而且颇具风险。因为，我没有易先生那样的口才，若再步其后尘，岂不是东施效颦？

但张强先生却另有一番道理。他说，易中天是讲三国，这属于谈话类节目，与专题片完全是两码事。专题片是要尽可能拍摄所有的三国遗址，既让人有现场感，更让人体味历史的沧桑感。见我犹豫，张强进一步说："你这部专题片，是配合吴宇森的《赤壁大战》而做的。关于这部纪录片的定位，我想好了两句，即'吴宇森告诉你一个艺术的三国，熊召政告诉你一个真实的三国'，你觉得怎么样？"

我能觉得怎么样呢？还是用那一句老话吧：恭敬不如从命。

二

我本是研究明代历史的。一下子跳到东汉，初始有一点物是人非的感觉。不过，心里头虽起了隔世之叹，却并不感到陌生。这乃是因为在中国的全部历史中，三国的这一段，在民间的普及率永远是高居榜首。

在我的孩童时代，我不知道朱元璋、朱棣，但我知道曹操和刘备；我不知道刘伯温与宋濂，但我知道诸葛亮与庞统；我不知道徐达与常遇春，但我知道关羽与张飞。从这一点上得出判断：我研究明史是长大成人后理智的选择，而知晓三国则是民间对我的历史启蒙。

历来，嗜史者有两种，一在庙堂，一在江湖。居庙堂者，执掌机枢，心存社稷，须得从历代兴亡衰变中汲取经验教训，寻找可为当下所用的政治智慧。所以，他们关注的历史人物，大都是扭转乾坤、治难兴邦的政治强人。而江湖中人，大都以民间视角，从道德与生活两方面,去衡量与欣赏往古的忠臣孝子、才子佳人。至于对英雄与智士的推崇,则是庙堂与江湖共同的立场。基于这一点,三国时期的历史与人物,便能够受到一代代国人的研究与喜爱。

不过,有一点需要说明的是,时下国人津津乐道的三国,多半是源于小说《三国演义》而并非史著《三国志》。像大家耳熟能详的《捉放曹》《温酒斩华雄》《借东风》《空城计》等故事,都不是真正的历史而是小说家言。所以说,很多人喜欢三国,是喜欢罗贯中先生编撰的三国故事而不是陈寿先生著述的三国历史。

大约成书于明朝嘉靖年间的《三国演义》,应视作为当时统治阶级服务的一部主旋律作品。明代以忠孝立国。《三国演义》宣传的便是忠孝思想。基于此,小说中将刘备政治集团塑造成忠孝代表,以曹操集团作为反衬。这样一来,便颠倒了历史。数百年来,罗贯中的历史观一直左右着国人对三国的认识与判断。

在做了几个月的案头准备工作之后,从去年的八月份开始,我便带领包括导演与摄像在内的九人摄制组,用了近五个月时间,走访三国遗址。我们先后到达辽宁、河北、山西、河南、陕西、四川、云南、湖南、江西、安徽、湖北、江苏等省份,行程万余公里,凡与三国有关的名胜古迹、战场遗址以及人物故里,都一一参访。

虽然,这段历史已过去一千七百多年,但是,其遗址之多,实在让人惊讶。在我走过的近千处遗址中,列为全国重点文物保护单位的有三十处,省市级文物保护单位的有数百处之多。对这些遗址进行考察,可补《三国志》记载之不足,也可纠正许多以讹传讹的史实。当然,也有不少遗址真伪莫辨,它们多半是明代之后由当地政府或民间集资修建的纪念性建筑,其根据是罗贯中的《三国演义》。一部文学作品产生如此巨大的影响力,这在中外文学史上,亦属罕见。

此一趟三国遗址之旅,大大丰富了我的三国知识。采访归来,有同行不无羡慕地说:"自古到今,你是第一个走完全部三国遗址的人。"

三

在研究了大量的历史文献和走访了全部三国遗址之后,我便与张强先生商量怎样进行这部纪录片的撰稿工作。因为,这部纪录片的起因是缘于吴宇森先生的电影《赤壁大战》,为了遵循与影片互动的原则,我提出用贯穿三国的四大战争,即官渡、赤壁、汉巴、夷陵来作为叙事的契机。张强先生同意了我的构想。

但在写作过程中,我就发现讲述战争是一件非常乏味的事情。其因是:第一,人们不喜欢战争。因为战争是毁灭生活的工具。除了疯子和狂人,没有人愿意毁灭自己的生活。所以,三国的众多古迹,旅客最少的地方便是战场的遗址;其二,关于三国的史书,从《三国志》到《九州春秋》等等,对战争的记述都极为简单,甚至语焉不详。像一直为后人津津乐道的赤壁之战,在《三国志》中,只有寥寥数语。这就为完整的描述一场战争增加了困难。而且,由于年代久远,可供拍摄的场景实在太少,这亦是纪录片的大忌。

经过几次摸索与调整,最终决定以战争为线索,着重表达战争中的人。这样一来,便引出了许多令人感兴趣的话题。所谓话题,即史实中一些令人匪夷所思的人和事。如袁绍与曹操为何从挚友变成仇敌、历代盗墓贼为何奉曹操为祖师爷、刘备为何一打仗就丢老婆、诸葛亮的《隆中对》是不是书生之见,等等。将这样一些话题找出来加以稽核与剖析,便觉得生动有趣。析微索隐,征闻有据,一一道来,便觉得三国离我们并不遥远,发生在三国人物身上的事情,如今仍在我们自己的身上不断发生。

虽然,这部书仍以四大战争为主线,但这根藤上,结着的不再是刀光剑影下的冤魂而是生命树上的话头。禅家启悟智慧,洞开心灵,曾有一种方法,叫参话头。我在三国历史中旅游了两年,便为读者留下了这一本话头,它首先是找出来的,然后是参出来的。

2008年8月15日(中秋) 于武汉梨园书屋

《廿八年访禅记》序

一

十年前游四川青城山时，我曾说过："政治救世，宗教救心"这样一句话。纵观历史，人类各族群之间的很多次对抗和杀戮，都起因于宗教。我认为，这是宗教政治化的结果。仅就宗教本身而言，莫不都起于善而归于自律。宗教与政治，是一件事物的两个方面。建立一个公平公正的、和谐美好的社会，是政治家的任务；让人的心灵充满敬爱与宽容，则是宗教家的追求。我们常常赞颂的悲天悯人的品质，便是通常所指的宗教精神。很难想像，一个没有宗教信仰的人，他的心灵仍会健康而饱满。

说到这里，我们会发现一个奇怪的现象，在基督教盛行的西方，信仰与迷信不会搅和在一起，它们之间泾渭分明。但在中国，宗教与迷信往往混为一谈，二者很难区分。我们说破除迷信，往往也破除了宗教信仰。反之，我们若提倡宗教信仰，迷信势力又会借机泛滥。无论是道教和佛教，都存在这样一个难以把握的问题。由于没有很好地引导与教化，一般人的宗教信仰，往往不是追求心灵的大自在，而是希望获得功能性的大神通。到庙观烧香求签，请和尚开释，不是寻求生命的智慧，而是如何趋吉避凶发大财。应该说，这不是宗教信仰，而是地地道道的迷信。孔子说"怪力乱神"，迷信就是一种怪力。

佛教《心经》特别强调"五蕴皆空"，这五蕴，即色、受、想、行、识。色既指广大的客观世界，又指我们的肉身，而受想行识，则指我们自身的感受与思维。色是形而下的，后四者都属于形而上的范畴。五蕴皆空，就是不要执着于迷妄，不要让怪力扰乱我们的心灵。遗憾的是，那些大年初一抢着跑到寺庙烧头香的人，他们想要得到的不是平静，而是愈演愈烈的躁动。

二

我的童年与少年，均处于中国佛教最为凋敝的时代。我的故乡在新中国成立之前，有数十座大小庙宇。但在上世纪50年代，在破除迷信的号召下，这些寺庙毁坏殆尽。说来令人难以置信，我在二十七岁进当阳玉泉寺之前，从未进过任何寺庙。当然，也从未看到过任何一尊佛像。这不是我一个人的问题，而是我们这一代人的悲哀。暮鼓梵钟不再在山谷峰峦间敲响，佛陀的智慧离开了中国的大地。

佛教尽管在形式上离开了中国人的视觉世界，但在心灵中，许多人依然深藏着菩提的种子。我对于佛教的好奇心，便来自于我的母亲。有一次，母亲带着我走出县城，涉过一条涨了一点春水的河流，又走了几里山路，在一处尚残的几堵断墙的废墟前，她虔诚地磕头，并让我像她那样跪叩。她说："你得给观音老母磕头，让她保佑你奶奶的病早日好转。"那一年我五岁。多少年后我才知道，我第一次磕头的那片废墟，原是一座香火很旺的观音殿。50年代初被拆掉。尽管成了废墟，但它依然是老百姓心中的圣殿。五岁的孩子，心灵虽然脆弱，但亦无蒙垢，因此特别容易感动而留下烙印。正因为有了那次经历，我对佛教便由好奇而产生亲近。

但是，此后动荡的岁月与坎坷的命运，始终不能培植我的宗教信仰。我曾写过这样两句诗："我不知道我要寻找什么，但我愿意付出一生的时间。"一个人生命的过程，就是寻找的过程。我曾寻找过很多东西，譬如说爱情、财富、功名、朋友等等。有些东西，当你得到它之后，才感到它不是快乐，而是痛苦。这么说，并非是对爱情与朋友的伤害。在爱情与友情中生活的人，是一个有福的人。但除了俗世的福报，一个人一定还会有福报之外的心灵的追求。这种追求的归宿就是宗教。俗世的价值判断，会让一个人的寻找产生谬误。而完全摆脱谬误，亦不切合实际。人毕竟不能摆脱社会，即便能摆脱种种制约的一半，便足以体现常人难以企及的精神伟力。

我四十岁时，由于研习禅家智慧，终于明白一个道理："人弗为佛，人为即伪。"凡是人所不要的，即佛的境界；凡是人热烈追求的，即是伪的表现。这么说似乎极端，但就精神层面而言，仍有非常合理的成分。并由此惊叹，古人造字，蕴含了多么深刻的智慧。这智慧暗合了佛陀的境界。佛教之所以盛于东方，植于中国，乃是因为从喜马拉雅山往东徐徐展开的这片古老大陆，自身就是适合菩提生长的地方。

三

这本小书，之所以命名为"廿八年访禅记"，是想对我的心路历程作一次总结。从1980年第一次走进寺庙，到今年的八月，我于二十八年间，经历了许多佛教名山与重要寺庙。当然，也拜访过不少高僧与住持。与其说我是一个虔诚的佛教徒，倒不如说我是一个禅学的爱好者，是一个寻找精神故乡的"游脚僧"。

关于对中国佛教的思索与对禅的探求，我写过不少的散文随笔。但收录在这本集子里的，却是我于二十八年间写下的五十一首旧体诗词。我的旧体诗词的写作，从来不是书房里完成的，都是触景生情,即兴吟出。所以,诗词更能体现我礼佛的第一感受。今年六月,我搬进了名为"闲庐"的新居。书房外,便是一大片遮蔽红尘的樟木林。坐在书房中,面对窗外蓊郁的苍翠,心情十分惬意。于此检点旧稿,集中起来读这些"禅诗",胸中便有清气生。

  检点之时,往事历历,连缀起来,便看到思想的印痕。对于佛教,初始好奇,继而欲穷究竟。到上世纪90年代,显然落入"不得志而逃于禅者"的窠臼。再往后,渐悟禅家妙趣,对"掬水月在手,弄花香满衣"之物我相融,对"夜静闻山鸟,时鸣春涧中"之幽玄,皆有得意忘言之象。参禅之后,似乎只见智慧而忘记佛家了。记得那年上九华山,在一块岩石上见到一副歌颂地藏菩萨的对联:"地狱未空,誓不成佛;众生度尽,方证菩提。"这才又意识到,佛教乃是一个博大的人生,一个常人难以达到的理想高度。这对联吐露的境界,与马克思所说过的"无产阶级只有解放全人类,最后才能解放自己"这句话,有异曲同工之妙。

  于是,在若干首诗词后面,我加入了简单的批注,以记当时写作之心情、之旨趣。崇佛而不佞佛,是一个佛教徒应有的态度;而"万法归一,一归何处"的玄想,则是一个修禅者永远的拷问。

  我素爱书法,常应朋友之请,书"禅诗"以赠。久积之下,终成一册。感谢故宫博物院副院长兼紫禁城出版社社长王亚明先生,正是他的热心,才使得这些作品得以用"访禅记"的形式出版。这样,我的二十八年的访禅之旅,在形式上,终于有了一个圆满的归宿。

2008年8月24日 深夜

云深深，树深深

云深深，树深深，山深深。

我在深山里诞生并成长，从小与云树相依，犬羊为伴。我爱那里的一切，竹篱、牛栅、灌木、流泉……我是情不自禁地歌咏起它们的。无论是凝思多日，还是灵飞一瞬，都不自觉地散发出了野花与柴烟的气息。

历代在深山居住或生活过的诗人们的作品，我都非常喜欢。我从它们中看到了各个朝代的深山的生活画卷，以及它们的作者同深山劳动人民的关系。

"农村人告余以春及，将有事于西畴。"陶渊明的词句告诉我们，他在笔耕的同时，更愿意同农人一起品尝稼穑的艰辛。

"开轩面场圃，把酒话桑麻。"孟浩然怡情于田家之中，不言欢乐而欢乐自现。

"田家秋作苦，邻女夜舂寒。"短短十个字，李白就勾勒出一幅冷色的深山民俗画。

"肯与邻翁相对饮，隔篱呼取尽余杯。"请看，杜甫同村翁的关系多么亲密无间。

我也是深深地爱着我故乡的农民的。因为我不是喝自来水，而是饮着泉水长大的。在我走上生命长途时，首先就是同他们共着患难与欢乐。我也经历过几次旅行，到过孕育了许多美丽神话的长江三峡和多民族聚居的云贵高原。步履之处，依然是崇山峻岭。

临清流而赋诗，沐樵风而讴歌。近两年来，我以《在深山》为题写了一百多首诗。感谢长江文艺出版社，使我能够实现心藏已久的愿望——将这些诗作挑选结集，奉献给像我故乡的父老兄弟一样生活于深山里的所有人们。

　　遗憾的是,我写给深山的诗并不深沉。我想发出深山给予我的天籁之声,出口后才觉得有些肤浅。有什么办法呢?我这个人的性格本就有些浮躁。我想,以后会好些的。因为,我以前只是赤诚地怀着一颗幼稚的心爱着深山,而现在呢?随着年事稍长,我开始慢慢地懂得深山了。

　　亲爱的读者,在今后的诗作中,我将不懈地追求隐藏在单纯中的那个"深"字。

1983年4月10日 于武汉梨园

《闲庐诗续稿》序

收入本集的一百多首旧体诗，是我过往两年的作品。我一向没有把旧体诗的写作当作正式的文学创作。这些小诗，十之八九是旅途中的作品，飞机、列车、旅馆，甚至餐厅、茶楼，都是写作的场所。诗之题材亦不拘，赠友怀旧，吟风弄月，读书品画，参禅悟道，皆可记之于韵律。既是随手拈来，甚至不假思索，便无雕琢掩饰。生命之形迹尽在其中，因此既具有私密性，亦真实可靠。

五年前，余第一本旧体诗词集《闲人诗稿》由四川文艺出版社印行；两年前，余第二本旧体诗集《闲庐诗稿》由陕西师范大学出版社出版。接第二本之余绪，第三本名之为《闲庐诗续稿》。承故宫博物院副院长兼紫禁城出版社社长王亚明先生好意，促我编辑付梓。谬承雅望，幸何如哉！

四十岁后，我以闲人自况，此闲非事业之闲，而是心闲、神闲。三年前，余于武汉东湖边上，购得别业，名为"闲庐"，意为闲人之居所。余于闲庐之中，读史参禅，探求学问，乐莫大焉！在外则山间水畔，居家则茶余饭后，即兴吟草，率意而成此集。是为记。

2011年2月8日下午于闲庐

杰出的帝王师

——台湾版《张居正》序言

十三年前,当我决定写张居正这个人物时,周围的朋友都会问一个问题:"张居正是谁?"这个问话让我感到尴尬。不是我回答不了,而是我觉得这属于历史常识性的问题,为什么会有这么多人不知道?

我之所以选择张居正这个历史人物来作为我第一部历史小说描写的对象。乃是因为我在研究中国历代的改革家时,发现张居正领导的"万历新政"最为成功,对今天中国正在进行的改革,有极大的借鉴作用。历史中有一种人物,存世时是社稷的栋梁之材,但死后默默无闻,后世对其知之甚少,张居正即属于这一种。

张居正出生于明中叶,正值大明王朝由盛转衰的时期。他二十三岁考中进士,当年被选为翰林院的庶吉士。这个庶吉士的职衔,相当于今天社科院的博士研究生,但比博士研究生更为重要。因为,全国会试每三年举行一次,在所录取的数百名进士中,只挑选十个人左右来当庶吉士,一旦入选,就意味着步入了权力中心的殿堂。明朝的帝王师,几乎全部都是庶吉士出身,而出任内阁辅臣的大学士,庶吉士出身的,也占到了三分之二以上。张居正并没有任何地方工作的经验,从他的履历来看,他在四十二岁出任内阁次辅之前,他所做过的四样工作,几乎都是研究员与教职。但是,尽管他长期从事案头工作,却一点也不书呆子气。他当次辅的第一年,也就是在他四十二岁的时候,他向刚刚登基的隆庆皇帝上了一份名为《陈六事疏》的万言书,全面陈述了他的改革主张。通过这份奏章,我们可以看到,张居正对明代自嘉靖以来半个多世纪的政局了如指掌,他知道国家犯了什么病,病的程度如何。可惜三十岁的隆庆皇帝胸无大志，不愿意重振社稷，对张居正的建议只是敷衍地夸奖几句而不肯付诸实施。张居正只好静待时日。六年后，当他当上了首辅，而刚登基的万历皇帝只不过是一个十岁的孩子，这就给他实施"万历新政"提供了千载难逢的绝佳机会。

我的多卷本长篇历史小说《张居正》正是截取张居正执掌国柄推行"万历新政"的十年，来描摹这位政治家的波诡云谲的人生。他不但是卓荦千古的政治家，更是杰出的帝王师。

这部书在大陆出版以后，在读书圈内引发了一股"张居正"热。在张居正的故乡——湖北省荆州市，十年前我去拜谒他的墓地时，只见一片萧瑟，泥泞满地。而现在，当地政府拨专款为其修葺墓园，铸塑铜像，去年六月，当我到荆州再度拜谒张居正墓园时，真正产生了物是人非的感觉。去年四月份，拙著获得第六届茅盾文学奖之后，该书的读者群迅速扩大。这本书的读者多半在政界、学术界与商界。这一部分读者属于社会的高端。若想让这本书走向大众读者，恐怕还得假以时日，借助更为便捷的推介手段。好在由我自己担纲改编的四十集大型历史电视剧《万历首辅张居正》正在紧张地拍摄，估计年内可与广大观众见面，届时对《张居正》这部书的销售，估计会有良好的推动作用。

感谢远流出版社诸位方家的努力，使这部书即将与台湾的读者见面。作为本书的作者，我为能够获得更多的读者而高兴。但是，由于两岸文化的差异，以及各自关心的问题有所不同，可能会导致宝岛上的读者对这部书，特别是张居正这个人初始生疏。但这个并不要紧，毕竟两岸的读书人，拴着同一根文化的脐带；对我们民族过往的先贤，都还抱有足够的敬慕之情。基于此，我相信对张居正的生疏是暂时的。如果我们要寻求政治的智慧与生存的经验，就会有兴趣来研究张居正这个人。

2006年5月16日匆记

我的小说历程

当我的四卷本长篇历史小说获得第六届茅盾文学奖之后,有人说:"熊召政真厉害,第一次写小说就拿了中国文学的最高奖",这句话其实是不准确的。远在三十岁之前,我就开始了小说的写作,只不过是一直没有写出名堂来。

我二十二岁那年参加工作,由一名下乡知识青年变成了县文化馆的创作辅导干部。从我拿工资的第一个月起,一直到现在,三十多年,我一直吃的是文学饭。在文化馆干了六年,说是文学创作,其实是文艺创作,而且是"遵命文艺",领导布置下来的任务,就是创作小戏剧与曲艺节目等。在县文化馆工作的同志都知道,基层的文艺工作者,都是"万金油"。就拿我说吧,不但创作文艺节目,而且还要导演,人手不够,自己也粉墨登场。用今天专业化的观点来看,这"一条龙服务"有点滑稽。但我自己回顾那段岁月,倒是不觉得痛苦。十八般武艺,我虽然谈不上样样皆通,但至少样样都会。现在,我之所以能写小说、诗歌、散文,且还会旧体诗词、书法甚至改编剧本,这几把刷子,都是在文化馆的时候练出来的。

我的第一个短篇小说《归去来兮》,是1981年在大型文学双月刊《长江》上发表的。几乎在同时,我的政治抒情诗《请举起森林一般的手,制止!》获得了全国首届新诗奖。这首诗在当时曾引起巨大争论。中国的事儿就这样,一争论看的人就多了,我这个诗人也就"闪亮登场"了。一时间全国各地报刊的约稿信纷至沓来,都是约我写诗。这样一来,本还在写诗还是写小说的两难选择中犹豫的我,诗情一下子被激活了。短短三四年时间,发表了数百首新诗。而刚刚萌动的小说创作的欲望,就这么被压制了下去。

1985年，我上了武汉大学首届作家班。二十多个同学中，如陈也旭、朱秀海、水运宪、王梓夫、李斌奎、邵振国、高尔品、刘亚舟、郑彦英、严亭亭等，都是红极一时的小说家。我大概是班上惟一的诗人了。谈论起来，我往往"势单力孤"而无人交流。但是，当同学们知道我曾发表过小说之后，无不撺掇我"改邪归正"，回到小说创作的队伍中。当时有不少的文学月刊，来武汉大学组织"作家班小说专号"，热心的小说家同学，总是拉着我加入其中。这样，中断了五年的小说创作，又被重新拣了回来。这一写就写到了上世纪80年代末。常言道："鱼和熊掌不可兼得"，我却怡然自得地当起了"双枪老太婆"，一手写小说，一手写诗歌。虽然两手都抓，但并不是两手都过硬。而是"一手硬，一手软"。毋庸讳言，读者还是喜欢我的诗，对我的小说，还没有完全接纳。

　　不管怎样，我在那几年内，依然发表了几十个中短篇小说。1988年，我还写了一部十六万字的小长篇《酒色财气》，这部小说的责任编辑，就是今天的四川文艺出版社社长金平先生。

　　经过几年的摸索，我总算明白了小说的道道。本想在小说创作中大展拳脚，以期收获。谁知道这时候人生发生了变故，我离开专业作家岗位，下海经商了六个年头。这期间，不要说小说，就连诗和散文我都不曾写过。此一去水远山遥，等到我的《张居正》问世，不觉十年时间过去了。应该说，没有上世纪80年代后期那几年的小说历练，我不可能写出《张居正》。

　　经过慎重考虑，在四川文艺出版社为我出的《熊召政选集》中，我决定添一部中短篇小说选，将我写出的这些小说择其优者选出一本。这样做，对读者，是一份交代；对自己，是一个总结。

2006年8月11日记

小说的正脉（代序）

人的强烈的表现欲，本属于动物的本能。人之所以不同于动物，在于人的表现欲，不仅仅表现身体，更能表现思想。

我个人认为，文学艺术一定是先于哲学，而成为人类最先表达思想感情的方式。因为最初的人类，尚不具备敏锐而深邃的思辨能力，他只能对周围的一切作出直接的反应。从"啊"、"嘻"之类的语气助词发展成诗歌，从摹仿狩猎的动作与树在风中的姿态产生舞蹈。所以，最初的文学艺术，是"天人合一"的完美体现，是人的本能的宣泄与怡情。

近两年来，我一直在研究春秋战国时期的历史，发现一个很有趣的现象。在公元前550年至公元前470年之间，在中国这片古老的大地上，先后出现了孔子、老子、孙子、伍子胥、范蠡、文种、子产、申包胥等一大批闪耀着智慧光芒的人物。他们的思想和谋略成为了中国文化的发端。可以说，在那八十年间所产生的文化现象，是中国历史上惟一的奇观。儒家也好，道家也好，谋略家也好，英雄也好，美女也好，其思想道德观及行为规范，莫不都对后世产生了深刻广泛的影响。可以说，这八十年定下了中国文化的基调，规范了中国文化的发展方向。尽管后世经历了无数次思想的变革以及文化的求新，但没有哪一种思想，更没有哪一个人有着如此神奇的力量，能够改变那八十年间一批文化巨匠所创立的中国文化的本质。

可以说，那八十年间是中国文化的分水岭。此前的中国文化虽然也充满生气，但并没有产生汪洋恣肆的局面，也没有让人景仰的大师。在孔、老之后，中国文化的正脉出现了。一俟正脉出现，就意味着混乱局面的结束。

有人说孔子文化思想的核心是"礼",换一句话说,礼就是秩序。他的"三纲五常"便是以君王为核心的秩序的建立。从某种意义上来讲,孔子与老子的出现,是中国文化成熟的标致。成熟固然可喜,但亦可悲。譬如孔子删定辑录的《诗经》,其断语是"诗三百,一言以蔽之,思无邪。"我想孔老夫子所说的"邪",即人的兽性的一面,是原始的冲动。一个有教养的人,应该压抑这种冲动。否则,这个世界就没有"礼",也就没有秩序了。但人的特性在于:凡有一观点出现,必求这观点的完善、精致、发展、开拓。这么一弄,咱们的文学艺术,便发展到后来的"非礼勿视,非礼勿听。"由此可见,"礼"用于社会管理,极有用处;若用之于文学艺术,则谬莫大焉。

说了这半天的空洞理论,似乎与小说无关。究其实,应有内在的联系。小说与文化的关系,犹如花卉与气候的关系。牡丹花只能在春天开放,若牡丹花突然在秋天绽开,则肯定不是牡丹花变成了菊花,而是那个秋天变成了春天。

中国的小说,自有其发展的源流,从汉乐府中的叙事诗,到唐人传奇,宋人小品,元人杂剧,发展到明人的话本,可以说脉络相当清楚。不假以西方,自有其传承。至少在"五四"新文化运动之前,小说家是没有地位的,被正宗的文人们讥为"小说稗官者流",稗即野史,扯野棉花,野狐禅,都是贬义。但不屑归不屑,从元杂剧到明话本,文学实实在在从文人的小圈子走向了老百姓的大社会。

在小说出现之前,中国的文人中,有两种职业受人尊敬:一是史官,二是诗人。写作《史记》的司马迁与写作《离骚》的屈原,都高居上游,后代文人竞相仿效。若强为分类,则史官重在叙事,诗人重在抒情。兹后,举凡有好的小说出现,则以"史诗"誉之。

誉则誉矣，实际上"史诗"二字，亦可视为中国小说的定义。

小说的本质是叙事，因事而写人，因事而抒情。让人活在故事里，此一优势，在电影电视没有出现之前，则非小说莫属。在古代，小说另有一个副名，称为传奇。我认为这副名甚好，称小说为史诗，是其精神气象；称为传奇，是其不二之选的功能。

人是有好奇心的，曲折奇特的故事，恰好能满足人的好奇心。我想这也应该是小说存在的理由，亦是长盛不衰的原因。由此可以说，讲故事是一个小说家必备的素质。

近年来，随着文学的边缘化，小说的读者也在大量减少。这一方面，虽然因为是电视剧的冲击；另一方面，亦是因为一些小说的故事讲得不好，不能引人入胜。电视剧之所以能夺走小说的读者，其重要原因之一，也在于电视剧是戏剧与小说的结合，永远把好看的故事放在第一位。

我常常困惑，为什么现在的小说家，讲故事的功能正在萎缩呢？想来想去，这大约还是小说家太聪明的缘故。既然小说是讲故事的，我们何不突破这藩篱？让小说来表现观念，表现人物，甚或表现一些抽象的东西？如此一来，便花样翻新，各自追求一些最时髦的东西。此一情势一旦成为主流，传统的小说观念便会像"瘟疫"一样，让小说家们避之唯恐不及。说来说去，这还是人的强烈的表现欲的体现。小说家们把充沛的才情用于思辨能力，对讲故事的追求，反倒觉得不重要了。

尽管这样，我依然觉得，小说要想生存，要想从电视剧中抢回观众，首先还是要有曲折动人的故事。不但是传奇，更应该是史诗，这应该是中国小说的正脉。

2005年11月15日匆草

吉 日

2月15日的清晨,即情人节的第二天,当所有获得玫瑰的情人们尚在酣睡时,我却早早地醒来。此时的武汉,冻雨霏霏,天地间尚在难挨的萧瑟中。但是,我却于萧瑟中有一种期待,有一种怀想。

上午九点,一条短信发到我的手机上:"熊老师,《张居正》于今天上午九点在阳光明媚的横店开机了,一切顺利。"发短信的人名叫周军,是40集电视连续剧《万历首辅张居正》的制片人。看罢短信,我立即给周军和导演苏舟回复了四句:"阳光灿烂,我心欣然,遥向横店,深鞠一躬。"

这是我一直等待的一天,因为,我不但是四卷本长篇历史小说《张居正》的作者,同时,我还是电视连续剧的编剧。写小说我用去了十年的时间,改剧本又花去了我的三年。十三年,在历史的长河中,只是弹指一挥间,可是对于我个人,却是几分之一的生命。所以说,这一份期待,是我用饱满的生命与写作的执着换来的。

收到短信后,我的心略微平静。立刻,我在案头铺开稿纸,写下了《张居正赞》这个标题,接下来一气呵成,写成如下文字:

> 惟楚有才,才满江汉;于斯为盛,盛在经纶。从春秋而降,漳沮之间,欣为华厦孕飞凤;自汉唐以来,荆襄大地,屡为社稷造奇人。卓然骚客,屈夫子千秋风范;铿锵国士,张江陵一骑绝尘。
>
> 公以一介寒士,跻位在三公台上;身当八方风雨,柄国于五百年前。当其时也,城狐社鼠,播乱于明中叶;惟

其忧哉，主少国疑，悬祸于紫禁城。公怀大悲之心，受命于危难之际；公以无我之境，理政于崩溃之时。清吏治、整驿递；抑宗室，裁豪强；饬武备、兴水利；改赋税、丈田亩。每出一策，百姓为之欢呼；每成一事，天下为之一新。

世有非常之人，然后能作非常之事；胸蕴天地之情，然后可立天地之心。公六年次辅，十年宅揆，双肩能担天下事，一人而为帝王师。公柄国之初，以身许国，知我罪我，在所不计。万箭攒体不足恤也，是其豪语；机阱满前不足畏也，是其胸襟。首辅有此大气度，国家方有大前途。振衰起隳，除旧布新，史籍称为万历新政；鞠躬尽瘁，救时补弊，后世誉为中兴名臣。

公之生前，饮尽忧患；公之身后，食垢难安。万箭攒体，竟成忏语；机阱满前，逼到眉尖。骨未寒灵受辱，万历新政已为陈迹；魂归来天无言，一条鞭法竟成云烟。改革志士，望衣冠而垂泪；域中父老，思功德而追念。有道是，许国必是爱民者，爱民必是殉道人。史迹斑斑，此言不谬；日月昭昭，此为大鉴。

这段赞语是应武汉名人公园的执事者之约而写的，他们准备在公园里为千古贤相张居正树一尊铜像，嘱我为之作记。我本在春节前就应允了的，但是，总想选一个吉日开笔。今天《张居正》顺利开机，当然是最好的吉日了。

2006年2月15日匆草

封镜的感怀

今天，江汉平原热浪滚滚。据气象部门报告，今年6月的高温天数，超过一个世纪以来的任何一个6月。但是对于我来说，这6月的最后一天，却是又一个值得铭记的日子。

就在这一天，大型历史电视剧《万历首辅张居正》在荆州古城中举行封镜仪式。

此前的2月12日，春节刚过，由湖北省委宣传部与湖北电视台联合举办的该剧的开机仪式暨新闻发布会在武汉举行。中央电视台、中国电影集团、紫禁城影业公司等北京方面的投资方代表以及导演苏舟，主要演员唐国强、梅婷、冯远征等都专程而来，共襄其盛。三天后，剧组在浙江横店影视城明清宫正式开机。那天早晨，为了讨吉利，剧组鸣放了66公斤鞭炮。制片人周军拨通手机，让身在江城的我，听千里之外的欢乐的轰鸣。斯时，我朝着横店所在的方位——吉利的东方深深地三鞠躬，衷心祝愿这部电视剧拍摄顺利。

2002年的岁暮，我写完四卷本的长篇历史小说《张居正》。第二年，小说在坊间发售后，即有数十家影视公司先后找我联络，希望购买该书的电视版权。经过将近一年的挑选，才最终确定了合作方。应他们的要求，由我自己动手来改编电视剧本。出于对自己作品的偏爱，更出于一种担心，害怕别人不能体会我的创作的甘苦，我似乎没有太多犹豫就答应了下来。谁知这一次承诺，又耗去了我的三年时间，修改了五稿。今年投入拍摄时，我的第五稿尚只改出一半。小说写作花去我十年时间，改编剧本又耗去我三年时间。这期间我经历了难以言喻的痛苦与欢乐、沮丧与兴奋，但在今天，在这电视剧的封镜时刻，我忽然觉得，十三年的时间过得真快呀。

全部电视剧的五百多个场景,都是在浙江横店拍摄。但为什么封镜仪式会选在荆州呢?这里面有一个插曲:四月份,我第二次前往横店探班时,导演苏舟与制片人周军都告诉我,电视剧拍得很顺,镜头华美流畅,故事曲折生动,演员们的表演都很生动、准确。肯定是一部有着鲜明艺术特色的历史大片。但是,有一点却令他们担心,就是全剧是在张居正遭受清算的悲剧中结束,这会让观众感到压抑。他们问我,能不能让电视剧的结尾亮一点?我思索了一会儿,回答说:"张居正的悲剧在封建王朝的专制制度里,是不可避免的。因为他倡导的改革,是让社会的底层百姓获得福祉,而让以皇亲国戚为代表的势豪大户失去特权。无论是他死后的明晚期,还是后来的清朝历代皇帝,都不可能为这位改革家恢复名誉。不单是他,就是商鞅,王安石等等矢志改革的政治家们,有哪一位皇帝倡议过为他们树碑立传呢?倒是我们的新中国,特别是邓小平同志倡导改革之后,这些专制时代的改革家们才得到了应有的尊重与褒奖。就说张居正吧,他死后下葬在他的故乡荆州。然数百年来,他的坟墓自万历皇帝下令毁坏之后,一直得不到修复。期间虽有热心人呼吁为其修葺,终究未能如愿。但在前年,荆州市人民政府筹集数百万元资金为其整修墓园并建立张居正纪念馆,这样的善举,既反映了共产党人的胸襟,也说明了社会的进步。如果一定要让这部电视剧增加亮点,就应该把张居正纪念馆的开馆仪式,作为全剧的结束。"

投资方很重视我的建议。于是,在本月26日横店拍完全剧后,摄制组以及张居正的扮演者唐国强又马不停蹄地赶到荆州。在焕然一新的张居正纪念馆中,拍摄隆重的开馆仪式。电视剧的封镜,便是在这样一种热烈的场面中完成了。

在封镜后的记者见面会上,唐国强说:"这部电视剧不同于以往的历史大片。它是一杯需要慢慢品饮的茗茶,越品越有味道。"听到他的这种评价,如同干渴的旅人,吃到了一片又冰又甜的西瓜。

2006年6月30日夜匆草

关于电视版小说的话题

当我写出四卷本历史小说《张居正》后,国内不少影视制作公司便跑来找我,商洽改编电视剧本的事宜。当敲定合作方之后,他们又提出要求,要我自己担任电视剧的改编工作。此前,不少作家朋友提醒我,千万不要"触电"。因为严格到甚至苛刻的影视剧检查制度,使很多编剧陷入困境。加之,影视剧是以导演为主,编剧往往沦为配角。这也有损于一个作家的尊严。

基于这些提醒,我开头就抱定主意,决不承担编剧的工作。但是,投资方在再三劝说仍不奏效的情况下,突然问我:"你难道愿意让你的作品被别人随意删改,而最终面目全非吗"这一句话的确击中了要害。因为,此前我也听过不少作家朋友的抱怨,说他们的作品被改编者弄得不伦不类。他们对这一类的"整形高手"极度不满,但也无可奈何。于是,我出于对自己作品的感情,答应承担改编的工作。

2005年,我几乎花了一整年的时间改编《张居正》。让一个写小说的人改行做编剧,这的确是一件很残酷的事情。因为,小说是一个集故事、人物、描写、抒情于一身的最具魅力的文学样式。而剧本只是一个演绎故事与人物的框架,它只有时间、场景、人物对话。尽管,看拍摄成功的影视剧让人赏心悦目,但无论如何,阅读剧本不能让影视圈外的读者产生快感。

出于一种排斥,也出于对小说的保护,我的剧本的第一稿令投资方和导演很不满意,他们甚至怀疑我过于自恋,不肯按照影视剧的规律而激发观众的欣赏欲。

终于,在与导演和几位主演的多次磨合与探讨中,我开始认识到要想让荧屏上的《张居正》与小说《张居正》一样精彩,就必须对原著的情节进行大幅度的重组与调摄。小说的精彩是通过语言来展现,而影视剧的精彩则只能通过镜头来展示。语言与镜头,是两种截然不同的艺术表现形式。语言只能是作家一个人来完成,而镜头却是一个创作团队的集体创造的结晶。在这个团队里,作家只是链条中的一环。

影视剧的特点,是故事的紧凑以及人物的集中。一部电视剧如果人物众多,势必会冲淡剧情,影响主要人物的发挥。一切的情节与故事,都必须围绕主要人物来展开。这一点,与小说有相同之处,但比小说要求更严格。基于这种镜头艺术的属性,我在电视剧的改编中,除了保留原著的精髓以及历史的真实之外,又在情节上进行了一些调整与增删。比之小说版的《张居正》,这部电视剧版的《万历首辅张居正》在叙事的节奏与情节的安排上,更符合现代年轻读者的欣赏习惯。当然,对于电视剧,小说中的一些人物的处理,如玉娘、邵大侠、王九思等,则缺乏原小说的鲜活,他们由"活人"变成了"类人",一些主要人物比之原著也略欠丰满。不过,既然是电视版,它就只能参照电视剧来阅读。毕竟,这部电视版小说,我也五易其稿,花了不少心血。

2009年8月18日

电视剧《上海,上海》的解读

在中国的近代史中,上海始终是一个激动人心的话题。不少历史学家、经济学家、作家与艺术家都以它为对象,投入睿智与激情,进行研究与创作。最近,在中央电视台播出的三十一集电视连续剧《上海,上海》,再次为我们理解上海提供了一部生动的音像志。

我认为,一部成功的电视剧,要从剧本与剧两方面来论述。剧本体现了编剧的才华与思想,展现的是文学的力量;而剧首先展现的是导演的功力与思考,他不但要把握剧本的精华,更要开掘剧本中隐含的东西。将扁平的文学化为斑斓的图像,这是一次再创造。一个优秀的导演总是善于运用这种转换的力量。

《上海,上海》这个剧本,描写了辛亥革命到解放前夕这将近四十年间上海所经历的沧桑变化。从广义上说,仍属于历史剧。尽管人物是虚构的,但其历史背景都是真实的。它既是人物的奋斗史,也是上海的编年史。三位义结金兰的兄弟刘恭正、佟光夫、顾业成,一经营实业,一从事金融,一跻身帮会。通过他们的升沉与坎坷、拼搏与发展,特别是刘恭正与韩如雪之间的爱恨情仇的纠结与演变,让我们看到了在旧上海这个大舞台上上演的坠落与崛起、动荡与变异、开放与守旧、正义与邪恶。多种思想的激荡,多种力量的较量,让我们感悟到什么叫冒险家的乐园,什么叫风云际会的桥头堡。

我曾在一篇创作谈中说到,历史小说的真实反映在三个方面:

一是典章制度的真实，二是风俗民情的真实，三是文化的真实。三个真实中，前两个真实是形而下的，要下足工夫做好考证与搜求的工作。第三个真实则是形而上的，体现作家对某一历史时期的判断和把握。应该说，《上海，上海》的编剧在历史的真实上下过一番工夫，让其虚构的人物在真实的历史框架中上演一幕又一幕的悲喜剧。从中我们可以看到城市的演变与人的命运紧紧相连。

从播出的电视剧中，我们看到导演对升华这个剧本作了可贵的探索。我们说旧上海，是针对解放后的上海而言。但是，早在19世纪中叶开始，上海就成为中国向世界开放的通商口岸，并一直成为中国培植现代商业文明的摇篮。因此，那里每一天都充满了诱惑。每一个诱惑，既是机会也是陷阱。在那里，文化的冲突显而易见。中国的传统文化是学而优则仕，而剧中展现的文化却都是学而优则商。通过这些商人的努力，我们看到一种缺乏契约精神的传统社会在上海得到改造，领导公司前进的企业家也成为推动社会前进的力量。此前，在中国的创造力量唯有政治，而在剧中我们看到，金钱也在创造力量。在政治影响力无远弗届的时候，金钱的影响力也无处不在。

尽管中国的传统商人为我们留下许多脍炙人口的故事，像《大宅门》与《乔家大院》这两部电视剧的主人公，其经营的智慧亦能引起我们浓厚的兴趣。但是，作为严格意义上的现代商人，都是最早产生于上海。银行、证券、买办、商标、广告等等这样一些现代商业的元素，都成为旧上海商业的有机构成。

在今天看来，这样的商业文化毫无陌生之感，但在上一个世纪开始之时，这样的文化让国人惊愕。仿效或抵制，眼花缭乱亦或暗流汹涌，我们看到了希望，也看到了混乱。任何一种外来文化进入本土，都要付出惨重的代价。

在《上海，上海》这部剧中，我们看到了这样一种文化的冲突。正是在这一点上，导演比较准确地把握了剧本的内涵。他刻意表达上世纪前半叶上海文化的真实。从剧中人物使用的语言以及思维方式、价值判断这些精神层面的东西到服饰、器物以及活动的场所室景与街景等等，我们都能从中看到上海的沧桑变迁。

还有一点尤其值得提起，即正确把握历史进程与人物命运两者之间的内在联系。从辛亥革命到新中国成立，期间将近半个世纪，是中国近代史中最为动荡也最为严峻的时期，旧王朝的崩溃，日寇的入侵，腐朽没落势力的垂死挣扎以及正义力量的成长壮大。每一个重大历史事件的发生，都会牵扯国人的每一根神经。常言道"覆巢之下，岂有完卵"，曾经轰轰烈烈搅动上海滩的金兰兄弟三人，最终都不得不惨淡地谢幕。通过这一悲剧性的命运揭示：在系统性的风险中，个人的力量何其渺小。

人不能选择历史但历史却在选择人。由此我想到今天的上海，在改革开放的历史大潮中，上海依然成为中国的经济引擎。现代商业文明的发现与发展，让那里每一天都在创造经济的神话。黄浦江两岸，不再是冒险家的乐园，但都是创业者的乐土。看完《上海，上海》我不能不感慨，当下的上海，正在经历开埠以来最为灿烂的黄金时代，曾经怀着实业救国之梦想来到旧上海创业的商人们，他们真正的悲剧在于生不逢时。

2010年10月2日下午

活色生香的历史画卷

——评大型历史连续剧《卢作孚》

作为一大型历史题材的电视剧，《卢作孚》是一部值得推荐的好作品。

从辛亥革命前后到新中国成立前后这半个多世纪，是中国历史中最为动荡也最撼人心魄的一段时光。其间发生了甲午海战、辛亥革命、北伐战争、抗日战争以及新中国成立等改变世界历史格局以及影响中国历史进程的若干重大事件。此一时期的中国舞台上，既有帝国主义野心家的粉墨登场，也有窃国大盗的拙劣表演；更有民主志士的慷慨悲歌以及革命烈士的血荐轩辕。每一位著名人物的历史定位与是非功过，都非常难以把握。《卢作孚》一剧通过对卢作孚这一人物的历史演绎与形象刻画，描摹了那一段风雷激荡的岁月与民族精英为民族前途呕心沥血的奋斗历程，作出了可贵的探索。

从常义上讲，形象地复活一个时代，首先要选取这一时代的代表人物。《卢作孚》一剧选择卢作孚来表达那一特殊时代中国仁人志士的理想诉求，无论从涵盖的广度与切入历史的深度，都存在一定的困难。但该剧的主创人员，无论是导演还是主演，当然，首先是编剧，找准了卢作孚这一特定人物与特定时代的契合点，即不甘沦为殖民，沦为东亚病夫，在饱受蹂躏与灾难重重的国土上，试图走出一条实业救国的道路。

主创人员的世界观与历史观以及讲述故事的能力，决定了一部历史题材电视剧的成功与否。《卢作孚》一剧的成功，有以下几点值得提及：

一、忠于历史而不拘泥于历史

文学作品不等于传记,用文学的方式给历史人物立传,最忌讳的是记录历史的流水账,而没有用心开掘人物的不可复制的心灵史。怎么把卢作孚最传神的一面传递给广大观众,让大家看到卢作孚在多难兴邦的历史进程中作出的非凡努力,这是编导刻意追求的艺术品质。他们既追求形似,更追求神似,形神兼备是首选。当然,如果形似与神似发生冲突,他们宁可略去形似而升华神似。此一追求尤其值得肯定。

二、赋予人物的历史使命

卢剧开头几集,非常酣畅地表现卢作孚成长的轨迹。晚清的腐败以及民国初年的混乱,给卢作孚幼小的心灵投下了巨大的阴影。而在他创立民生轮船公司的选择与追求上,看出他不懈的追求与艰难的抉择;在抗日战争中,特别是宜昌大撤退几集中,让观众看到卢作孚对国家的担当以及道德的力量。看完全剧,我们始终感受到卢作孚自觉承担的历史使命,并为之钦佩,甚至为之扼腕叹息。

三、时代波澜与风土人情构成的历史画卷

该剧的大部分故事都发生在四川。作者谙熟巴渝文化和地方掌故,剧中展现出的民情风俗可谓活色生香。加之作者刻意通过巴渝这个地域文化来展现清末民初直到解放前夕在中国发生的诸多政治事件。因此让人感到时代的丰富性和人物的真实性。政治与风俗,事件与民情交融汇织的历史画卷,不但为人物的活动提供了凭据,更增添本剧的可看性与文化品位。

四、主创人员追求的史诗风格

从字里行间可以看出,该剧的编剧对卢作孚倾注了浓厚的感情,他不是在"制作"一部电视剧,而是用心去体会、去感悟卢作孚克难奋进的一生。他无意把卢作孚写成一个伟人,但却客观地表现出了一个民族资本家人格的魅力与人性的光辉。从拍摄成功的电视剧中,我们也能看到导演摒弃浮躁拒绝平庸的决心。很明显,导演在追求一种史诗风格,从镜头演绎故事的方式,人物的情感把握,场景的设计以及光影的色调,都能看到导演尊重剧本还原历史的匠心。

以上几点,是我个人认为《卢作孚》一剧最值得肯定的地方。当然,该剧也存在一些缺陷,如叙事的节奏略显迟慢,有些章节过于沉迷自己的爱好,结尾的部分略显匆促等等。但瑕不掩瑜,从整体来看,该剧仍是近年来历史剧中值得肯定的精品。

2011年2月12日(正月初十)于闲庐

历史的驴友

近年来,富裕起来的中国人喜欢旅游了。有几日闲情而耽于山水,也算是生命的一乐。一般的旅游者,称为游客。把旅游当做一种生命的体验方式,自驾一辆小车去往天荒地老之地,犹如古人驾一叶扁舟自庙堂回归于江湖者,则不能简单地称为游客了。聪明的年轻人,将这样一群山水的候鸟称为驴友,真是绝妙。初听这名字的时候,我想到骑驴的张果老,亦想到陆游的名句"细雨骑驴过剑门",还想到19世纪法国著名的隐逸诗人法朗西斯·亚姆写过的一首诗"骑着驴子上天堂"。总之,驴这种代步的牲口,虽没有骏马那样威风,骡子那样强壮,但它踏出的碎步儿,很有点悠哉游哉的姿态,骑在它的背上,谁能不飘飘欲仙?自驾游者,将自己的坐驾称为驴,再称自己为驴友,既调侃又诙谐。我想,造出这个词汇的人,有上等的智慧。

1993年,我有了自己的第一辆小车,几乎就从那一年开始,我就是一个标准的驴友了。从此每一年,我都会挤出时间,或几天,或旬日,或逾月,远近不拘地酣游一番。过了不惑之年后,虽然驴友的身份不变,但兴趣却在慢慢地转换。由对风景的钟情衍变为对历史的探究。到了五十岁后,我干脆称自己是历史的驴友。

我曾说过,一个历史悠久的国家,其国民大都有嗜史的习惯。好的历史小说、历史随笔一直成为坊间的长销书,便是一个明证。我由年轻时的喜爱历史到中年以后研究历史,由单纯的文学到文史兼容,实乃是完成了人生的转变。正是因为这一转变,我才有可能成为历史的驴友。

在过往的漫长的岁月中,有多少王朝,多少民族在中国的大地上，写下过他们壮烈的史诗。历史演进的过程，一直是毁灭与新生交织。多少城市变成废墟，多少荒滩又变成锦绣之都。有些地方让我感慨唏嘘，还有的地方让我心灵震撼。多少战场，走近它已是一片寂静，但我仍会产生"可怜无定河边骨，犹是春闺梦里人"的忧伤；多少古刹，依然让你听得见暮鼓梵钟，但"姑苏城外寒山寺，夜半钟声到客船"的萧旷，却再也无法领略。

十几年来，我造访过不少重大历史事件的发生地。在刘邦斩蛇起义的芒砀山，我深深地感到物是人非；在金兵突破中原的风陵渡，又让我感到江山依旧。红军长征依次涉过的于都河、湘江、赤水河、金沙江、大渡河，我一一走过。当我伸手揽起江花，我仿佛捧起了毛泽东大气磅礴的《长征》诗句。当我登上贺兰山，吟诵起岳飞的"驾长车踏破，贺兰山阙"的词句时，依然生起了八百多年前的揪心之痛……

咀嚼英雄的诗句要有云水胸襟，消化沉重的历史要有宽广胸怀。不管你愿不愿意，只要你当上历史的驴友，人间的沧桑就会充盈你的内心。

2007年的10月，我曾到过内蒙古巴林左旗的林东镇，那是一座不足五千人口的小镇，但九百年前，它却是一个强大的草原帝国——辽国的首都。契丹人创建的辽上京，让多少中亚的藩邦闻之丧胆，甚至天之骄子的北宋也曾向它俯首称臣。但是，这个强大的王朝最终被女真人摧毁。我来到这里的时候，但见辽国皇帝的宫殿变成了牛羊啃食的牧场。为此我写下了一首《辽上京废墟日出》的绝句：

几重风雨几重霜，宫阙而今变草场。
静静一轮红日下，君王不见见牛羊。

在历史中已经消失的契丹人却没有看到，一百五十年后，给他们带来灭顶之灾的女真人，又被后来居上的蒙古人掀翻了皇座。当我在北京房山的九龙谷看到破败不堪的金皇陵时，又写了一首：

倘将历史重来过，明月空山应断肠。
马上英雄辇下死，帝乡未必是家乡。

比之漫长的历史，一个人的生命何其短暂。但若是进入历史，千年前的事情如在昨日发生。当你把许多重大的历史事件连缀起来，你就会感到个人的悲欢离合显得多么脆弱，甚至渺小。所以，一个愿意当历史驴友的人，不但身体要健康，心智更要健康！

2011年9月26日夜灯下

重现楮墨风流

——《黄冈博物馆画册》序

经过将近三年的努力,黄冈博物馆终于建成并开始接待参观者。这一鄂东文化新地标的出现,既充分体现了黄冈市委、市政府主要领导关注文化建设,提升文化品位的决心与实践,又展现出黄冈文化工作者良好的专业素养与饱满的责任意识。总之,它是黄冈文化史上的一件大事,是让大家认知故乡,敬重乡贤的益事,是文化惠民的好事。

鄂东为楚地之名区,不但历史悠久,人文渊博,且古往今来一直是中国的人才高地。才智之士,钻奇凿诡;戎马之英,彪炳史册。道羽禅门,高山仰止;科技巨子,名震寰宇。更兼诸多方技,争奇斗艳;文人雅客,彩笔千秋!将数千年人物与文物,择其精华者萃集于一馆,陈展于各厅,实乃彰显地方的胜事。亦应盛世修史之说,不废俎豆,重现楮墨风流。

浏览馆中,如入鄂东历史之长廊。诚如韩子所言"猎其华而咀其英,泛其流而涉其源。"不免感叹选征史实之复杂,建馆工程之艰难。执事者劳力劳心,具体而微。但以春秋三易之辛苦,换取一方百姓数世之称颂,功莫大焉!

开馆之后,建设者欲志其雅,存其迹,于是有这本画册问世。我因参与了一些文字订正工作,略知其过程关节,不免感慨系之,略作言述,以申其事。

是为序。

2012年7月20日 于闲庐

拓展国画的新边疆

少时读古人言"君子之交淡如水",实在不解其味。涉世既久,便领悟到这句话的妙处了。从道德上讲,君子之交不树党、不营私。从情感上讲,既不挂牵,也不遗忘。淡如水的含义就在这里。

我与勇民先生的交往,就是一直处在淡如水的状态。我们俩相识于上世纪80年代中期,那时,他还不到三十岁,我则三十出头。其时,他知道我的政治抒情诗获得了全国首届中青年优秀新诗奖,我却全然不知道他获得第二届全国美展的金奖。如今,二十七年过去了,除了冷军先生获得六届全国美展油画金奖外,国画金奖获得者,仍只有勇民先生一人。但在我眼中,勇民先生平实朴素,尽管他现在的职务是湖北美术学院院长,但却看不出有一丝半点的官架子,尽管他二十七年前就是全国美展金奖获得者,但也看不到他有那种鹤立鸡群的大画家派头。熟人见了他,就觉得他是一个不给人添麻烦的朋友;陌生人见了他,会觉得他是一个不会误人子弟的中学老师。

但是,如果仅以勇民先生做人的风格来衡量他的绘画艺术,恐怕难窥其妙。尽管我们承认文如其人、画如其人的说法。但文章与绘画并不能简单地与人生等同。勇民先生的画作虽然也平实、朴素。但平实中透露出灵气,朴素中亦蕴含着妙趣。

前些时,勇民先生送给我一本《馨香逐风》的画集,收录了他今年在法国举办个展的作品。随后,他又把将于武汉举办的专门针对收藏界的一个小型沙龙式的展览作品请我浏览了一遍,我这才对他的画作比较全面地品读了一次,获得了一些直接的感受。

勇民先生绘画的内容，大致在四个系列：马球、佛像、禽鸟与花卉。马球系列热烈而奔放，佛像系列沉静而松弛，禽鸟系列散漫而萧旷，花卉系列浓烈而内敛。将这四个系列放在一起来比较，便可以看出勇民的追求了。

一是运用写意的笔墨来表达描摹对象的形迹不拘。如马球系列，每一幅画都有着强烈的动感，无论是古代的还是现代的，奔驰的马与马上的人都是在奔跑与驾驭中展现各自的姿态，画面上一般都是两个马球手，有时甚至只有一个，但你能从他们身上，感觉到千军万马澎湃而来的气势。勇民先生是以尺幅之内的酣畅来表达画面之外的空阔。

二是构图中的动静相宜，此一特点在佛像画中表现得明显。如坐禅的头陀，按常理，这类题材的主角是头陀，他在画面中占据绝对重要的位置。但恰恰相反，在勇民的构图中，头陀往往只占据小小的一角，以"偏安一隅"称之，应为允当。这大概就是"万绿丛中一点红"的妙趣了。小头陀依着巨石，倚着浓浓的芭蕉春色，寂然不动地坐着。佛家的"戒、定、慧"，在这种构图中得到了较好的把握。

三是用浓烈的色彩表现光芒的内敛。如飞天、飘带与缨络都色彩艳丽，动到极致也眩到极致。还有鲜红的没骨花，没有茎叶，没有衬托，甚至没有花蕊。画幅是圆的，花朵也是圆的，这么单调的构图，从技巧上讲是大忌。但勇民作了勇敢的尝试，他战胜单调的法宝便是浓艳的色调。看过这类画后，我说勇民的画揉含了水彩乃至油画的技法，他说："这还是国画。"我笑了笑，明白他这是打破国画的旧域，而在现代的水墨中拓展中国画的魅力。

四是从零乱中寻找自然的和谐，此一类的追求，在他的芦苇与天鹅的画作中可以得到印证。芦苇在古人的笔意中，大都萧瑟。唐朝诗人刘禹锡的"故垒萧萧芦荻秋",可谓定下了国人审美的基调。但勇民却希望在摇曳的芦苇中,描绘出"春江水暖鸭先知"的意蕴。大自然有"洁癖",但从来都不会被老天爷收拾得整整齐齐。它的韵致,它的美感,都是从零乱中展现出来的。芦苇的零乱可以让人理会到秋风凄切,也可以体会春风和畅。究竟是秋风还是春风呢,惟一能证明的便是天鹅这种候鸟了。这类画中,看出勇民心中还是有着一些禅意的。

勇民沉稳,但画作奔放;他寡言,头陀却更是沉默;他应是慎独之人,但却欣赏浓丽。总之,从他的绘画中,既可以看出他的人生态度,也可以揣度他的艺术心灵。

2012年7月22日于闲庐

怀念粘铭先生

去年九月十六日清晨，学颜兄自哈尔滨的阿城给我打来电话，告诉我粘铭先生头天在台中市的家中病逝。骤闻噩耗，我很吃惊。因为粘铭先生的年龄并不大，还没有跨过古稀之年的门槛，且一直注重保养，面色红润。于是我疑惑地问："没听说他患病，怎么会突然去世？"学颜兄说："他其实病了很长时间，但他一直对外封锁消息。"听罢，我不禁悲从中来。

我与粘铭先生相识于2006年，第一次相见是在阿城市的金上京博物馆。我的四卷本长篇历史小说《张居正》写完之后，我除了写一些散文、历史随笔，还没有开始写作新的长篇历史小说。不是不写，而是没有找到合适的题材。一个偶然的机会，我结识了刘学颜，他既是散文家，又是金上京历史博物馆的馆长。所谓金上京，即完颜阿骨打创立大金国时所立的都城。完颜亮迁都北京后，这里的都城便被废掉。但因大金国的创立者及其大部分的开国功臣都是按出虎水两岸（即今阿城境内）的土著，所以，金上京博物馆便建立在他们的故乡也是金国的创立之地。

由于学颜兄的关系，我对大金国的历史产生了兴趣，并有了创作长篇历史小说《大金王朝》的计划。这计划得到了阿城区委、区政府相关领导的支持，同时，也得到了粘铭先生的热情襄助。学颜兄安排我与粘铭先生在金上京博物馆见面，亦是为了这部小说。

粘铭先生为何对我创作《大金王朝》特别关注呢？其因很简单，他的先祖即大金国的开国元勋粘罕。这粘罕是后来改的名字，他本名叫完颜宗翰，是完颜阿骨打的亲侄子。翻开《金史》，粘罕不但有专门传记，且记述甚详。在金国开创的历史中，粘罕是一位极为重要的人物。他谋略过人，是大金国有名的军事家，在灭辽、灭北宋的数十次战役中，都有他的赫赫战功。如活捉辽国最后一位皇帝耶律延禧，俘获北宋的徽、钦二帝等。他领导的西路军与完颜宗望（完颜阿骨打的大儿子）领导的东路军一起，消灭了辽与北宋两个强大的帝国。

粘铭是粘罕的二十八世孙。自蒙古的忽必烈灭掉统治中国北方一百多年的金国之后，粘罕的后人为避祸，便辗转迁徙到了福建晋江，其中一支又于乾隆年间渡海到了台湾，定居于台中的彰化县，粘铭的先人便在其中。

粘铭先生个头儿不大，乍一见到他，很难将他与高大威猛的远祖粘罕联系在一起。但是，更让人想不到的是，他一改远祖粘罕"常胜将军"的门风，而变成了富甲一方的企业家。他创建了专门制作各种窗帘的企业。在行业中，他的企业雄踞全球第三，是名副其实的窗帘大王。

粘铭先生富而不忘本，更不忘其根。他多次率族人来阿城寻根谒祖，并屡捐善款。几年中，为《大金王朝》小说的写作，我们见过几次面，通过多次电话。他一再邀请我前往他在东莞与台湾两地的企业参观，因为各种俗务而未能成行。等到我今年到了台湾，却与他人天两隔，只能在中台禅寺的顶楼朝他墓地的方向遥遥揖拜。

去年的十月，学颜兄专程去台湾祭奠，临行前与我通话，问有什么话向粘铭先生的灵前诉说。我说："粘先生对我的《大金王朝》小说非常期待，但我至今尚未完成，我欠粘先生一个人情。"

学颜自台湾归来后，将他多年来与粘铭先生的交往写成《亲历与追思》这本书。我翻阅时，眼前一再出现粘铭先生儒雅的形象与和善的笑容。学颜兄用这本书寄托了他的哀思。我在心里思忖，祭奠粘铭先生在天之灵最好的方式，莫过于将《大金王朝》写成一部真正的力作。这么想着，便感到肩上的责任了。

2012年7月21日酷暑中